三色猫探案
勘误表

〔日〕**赤川次郎** 著

左汉卿 译

人民文学出版社
PEOPLE'S LITERATURE PUBLISHING HOUSE

著作权合同登记号　图字01-2022-1150

图书在版编目（CIP）数据

勘误表 /（日）赤川次郎著；左汉卿译.
—北京：人民文学出版社，2023
（三色猫探案）
ISBN 978-7-02-018153-7

Ⅰ.①勘…　Ⅱ.①赤…　②左…　Ⅲ.①长篇小说—
日本—现代　Ⅳ.①I313.45

中国版本图书馆CIP数据核字（2023）第136843号

责任编辑　　卜艳冰　　陶媛媛
装帧设计　　钱　珺

出版发行　**人民文学出版社**
社　　址　**北京市朝内大街166号**
邮政编码　**100705**

印　　制　**山东临沂新华印刷物流集团有限责任公司**
经　　销　**全国新华书店等**

字　　数　**138千字**
开　　本　**787毫米×1092毫米　1/32**
印　　张　**8.375**
版　　次　**2023年8月北京第1版**
印　　次　**2023年8月第1次印刷**

书　　号　**978-7-02-018153-7**
定　　价　**39.00元**

如有印装质量问题，请与本社图书销售中心调换。电话：010-65233595

目 录

中文版总序

三色猫探案：一个温情的故事世界

自三色猫福尔摩斯首次与读者见面，迄今已经有三十六个年头了。三十六年，差不多是普通猫咪寿命的两倍。

把小猫设定为侦探，这一想法的诞生纯属偶然。拿到"全读物推理小说新人奖"的第二年，出版社向我约稿写一部长篇推理小说。我绞尽脑汁苦苦思索如何塑造新奇有趣的主人公，因为在"喜剧推理"的大框架中，侦探的形象写来写去好像只有那几种。

就在这时，家里养了十五年的三色猫走到了生命尽头。这只小猫早已成为家里不可或缺的一员，而且，这十几年是我家生活最为艰辛的一段时期，正是这只三色猫为我们带来了无限欢乐。

等我正式出道，家里的生活终于有所改善之时，三色猫就像完成了自己的任务一样，永远地离开了我们。为了报答小猫多年以来的陪伴，我决定让它在我的作品中复活。于是，在《推理》一书中，与我家小猫形态、毛色如出一辙的"猫侦探"从此登场。

不过，那时我并未打算写成系列。没想到此书一经出版好评如潮，结果我又写出了第二部、第三部……年复一年，不知不觉间，这个系列已迎来了第五十部作品。原本是我希望通过写小说向我家三色猫报恩，结果它又以几十倍的恩情回馈了我。

三色猫福尔摩斯、片山兄妹、石津刑警，这些角色不仅仅是我创作的角色，多年来，广大读者已把他们当作家人一般亲近与喜爱。因此，我会一直把这个系列写下去。

中国出版界很早之前就引进了这套作品中的若干部，不知道猫这种生物，在日本人和中国人心目中的形象是不是有很多共通之处呢？

无论如何，这个系列被翻译成中文并被广泛阅读，这对于作者来说，实在是无上的荣幸。

曾经有一名小学生读者看了"三色猫探案"系列后对我说："原来坏人也是有故事的啊。"在我的书里，猫侦探也好，片山刑警也好，他们都不是对罪犯一味穷追猛打的那种主人公。有些人是因生活所迫，不得已而犯下罪行的。对于他们，我书中的侦探们在彻查真相的同时，总是怀有同情心。

　　也许现实世界比小说残酷许多，但我衷心期待大家在阅读"三色猫探案"系列时能够暂时忘却现实，在这个充满温暖和人情味的世界中获得治愈和救赎。

　　猫侦探也是这样希望……的吧。

赤川次郎

二〇一四年四月

序　章

电车摇晃了一下，正在阅读的书中悠然飘落一张纸片。

幸运的是，纸片很快被捡起来了，并没有被弄脏——会是什么呢？

难道是广告之类的小纸片？仔细一看，纸上印着大大的"勘误表"几个字，然后是细密的表格，表格里分别印着"页数""行数""错误""正确"等字样。

原来是这本书的输入错误勘误表。

噢……原来如此——难怪刚才读的时候，感觉书中有些地方甚是莫名其妙。

正文里写着"星期二"的地方，勘误表中改正为"星期三"。的确，读的时候发现，按照书中所说的时间，应该是过去了两天，却出现了"星期二"，这样的说法是有点儿不对劲。不过这些都不是什么大问题，也就没往心里去，接着往下读了……

像这样把错误之处一一加以订正，很让人安心——是这样的。出了差错就应该予以订正。他凝视着这张勘误表。

一本书如果有出错的地方，可以勘误修改。那么，一个人的活法呢……虽然不是某个人本身的责任，但人生一旦偏离了方向，就无可挽回了。如果人生也有勘误表，该有多好啊——他发自内心地这么认为。

恐怕不行吧，即便是神仙也会犯错吧。如果神灵犯了错，感叹一下"事已至此还能怎么样"就行了吗？

不对，如果能够做到，神灵是会改正错误的吧。

那些任谁都能一眼看出是错误的事情，如果有人来加以匡正，即便并非神灵所为，也是可以的吧？

这就是人生的勘误表吧？

如果这样的事情真有可能发生……

突然，他透过电车车窗看到一道白色闪电一闪即逝。

这道闪电，是神灵对我这个想法的"应许"吧？

"去订正吧！"

仿佛听到神灵如是说。

如果这是我的使命……

我来订正吧——然而到底该如何着手，目前还没有任何具体的想法。不过，勘误表的格式倒是在脑海中大致构思好了，就等着在表格里填入第一个人的名字……

"祝贺你！"

片山晴美举起盛了香槟的酒杯稍微停顿了一下说道。

"谢谢！"

野上惠利回答道。

然而她只饮了半杯就停了下来，说："我想好了，今晚不喝酒。"

"是嘛，不想喝就不喝吧，毕竟身体是演员的资本。"

晴美凝神观察了一会儿这位老朋友，问道：

"惠利……出什么事了？说起来，咱们今晚是要一起庆祝的，可我看不出你有丝毫开心的样子啊。"

"对不起。我当然……很开心啊。难得你特意过来给我庆祝，我表现得太失礼了，我真是没用……"

"没有的事。算了，不说这些了，咱们边吃边谈吧。"

"谈……什么？"

"你脸上明明白白写着有事情想要谈谈呢。"

"晴美，你真是一点儿都没变啊！"惠利苦笑道，"噢，对了，你哥哥是叫义太郎吧？"

"是啊。还有我家的猫，叫福尔摩斯。"

"啊，对哦，是啊，你家有一只稍显特别的三色猫呢。"

"是相当特别呢！"晴美点了点头说道，"相形之下，我哥哥就稍显普通了。"

当下的情况是，片山晴美请野上惠利吃晚餐，两个人正坐在餐桌边。原本说好今晚一起吃饭的还有片山义太郎，但他知会说"太忙了，要晚到"，于是临时决定，两位女士先吃起来。

"让您久等了！"

晚餐套餐菜单上列出的一整套前菜的餐碟摆上桌面。

"另外一套，等客人来了之后再给您端上来。"

"是啊，现在端上来的话很可能会被全部吃掉。"晴美说着催促道，"来，我们开始吃吧！人生如果不享受吃的乐趣就太没意思啦。"

"你说得对。当了演员，很多情况下都不可能在正常的饭点吃上饭……"

"你们剧团，是叫黑龙吧？"

晴美一边大快朵颐一边随口问道。

"嗯，剧团班主的名字叫黑岛龙。"

"黑岛龙啊……听着像是个演员的名字。"

惠利是演员。对晴美来说，这件事好像有点儿难以置信。

片山晴美与野上惠利是高中同学。当年的惠利是个不起眼的老实孩子，总像个影子一样跟在晴美身后。

当然，人，一般不会从根本上发生很大变化，即便是现在，惠利也还是显得很低调，甚至可以说是朴素；身上穿的衣服也跟普通的职场女性没多大差异——跟以前相比，不过是稍微便于行动，有点儿运动风格而已。

所以当惠利打来电话说"我现在从事演艺工作"时，晴美真是大吃一惊。那已经是一年前了。

晴美去看了惠利的表演。虽然是个很小的角色，但当时的惠利整个人充满了灼灼生机，非常惹眼。从现场观众的闲聊中，晴美听得出来，惠利已经在戏剧爱好者中成了话题人物。

今晚的聚餐，就是因为晴美听说惠利被选为黑龙剧团新作的主角了，所以要为她庆祝一下。

"你还挺能吃的啊，而且吃得挺快呀！"晴美看到惠利面前的盘子已经空了，不由得惊讶地瞪大了眼睛，"你上高中那会儿不总是一个人慢悠悠地吃饭吗……"

"我现在成了吃得又快又多的人了，因为每天都要出很多汗嘛。"

难怪呢，看到舞台上充满活力的惠利，晴美还颇为疑惑，那瘦小、娇弱的身躯里哪里来的那么多能量呢？

当了演员之后，惠利确实变化很大……不对，与其说是变化，真正让晴美感到惊讶的是另一个新发现——惠利身上有了一种作为主角已然游刃有余的可爱魅力。

"晴美！"惠利开口问道，"你哥哥是当刑警的吧？"

"嗯。"

晴美点了点头，同时产生了一个熟悉的预感。

"惠利，如果你要谈论的不方便当着男士的面说，即便我哥哥来了，也是可以把他赶回去的哦。"

"怎么会呢，"惠利笑着说，"没有那样的事，只是……我感觉自己可能会被人杀掉。"

饭桌上忽然出现了一阵沉默。

"您辛苦了！"

听到餐厅侍者的招呼声，晴美抬起头，只见片山义太郎一边说着"哎呀，不好意思来晚了"一边朝这边走过来。

"天气好冷！你们已经开始了吧？"

"我们已经开始了呢。"晴美说，"哥，还记得她吗？"

"嗯。每次来咱们家都像是被借来的小猫，乖乖地待着。"

"哥，你好没礼貌啊！"

晴美瞪了哥哥一眼。

惠利却笑了，说道："说起来，您的形容还真是符合当时的情形。那个时候，我只有在自己的房间里，或者说，只有当自己一个人躲在被窝里，才会感到安全。现在呢，即使在舞台上也能感觉到安全。"

"我说她像是被借来的小猫，不是在说坏话呀！"片山一边抖开餐巾布一边忙叨叨地说，"啊，给我来一杯姜味汽水。我家那只猫啊，在家里是最神气的呢。"

"被你这么一说，福尔摩斯可能会打喷嚏哦！"晴美接话道，"哥，惠利说有件事想跟你谈谈。"

"啊？如果是要推销演出票，我们让石津也买！"

"说什么呢！很难买到票呢！"

"不是的……不是什么大事，真的……"惠利摇摇头，"现在还说不好……如果……我被人杀害了，还请您多关照！"

看到惠利低头行礼拜托，片山随口接了句"不客气啊，这是我的本职工作"，但说到一半忽然觉得不对劲，瞪大眼睛问道："你刚才说的是'如果我被人杀害了'？"

侍者端来了片山那份套餐摆放在桌子上。

晴美催促道："你快先把饭吃了，否则没法往下进行！"

"嗯！"

片山握起了刀叉，心里想着，虽然这事儿听起来挺紧急，但总不至于等不及我吃完饭就被杀吧……

1　治疗小组（一）

"好冷！好冷！"

虽说未必有人能听到，但这股冷劲儿真是到了不大声说出来就不足以表达的程度。

外面就是这么冷——岩井则子飞快地跑过大门入口，逃也似的进入到大楼里面，忍不住大口大口地喘着气。

虽然已经是晚上八点多钟，大楼内部所有房间的暖气应该都停掉了，但是室内的空气还是暖和的，至少不用忍受室外刺骨寒风的吹打。

她解开大衣扣子，取下围巾，摘下手套——对怕冷的则子来说，这个过程需要花点儿时间，因为她一层又一层地穿了很多件。她走到晚间开放的值班窗口，朝里面张望。

一开始，她还担心保安是不是身体不舒服了，因为看到穿着深蓝色制服的年轻保安双目紧闭，脑袋左右大幅度摇晃，来来回回扭动着身体。

看起来很像是因为身体痛苦而抽搐的样子。则子把玻璃窗户敲得"咚咚"响，可对方似乎根本听不见。

不过则子很快弄明白了是怎么回事，差点儿忍不住笑出声来。原来这位年轻的保安戴着耳机在听随身听，他正一边听音乐一边跟着音乐节奏扭动自己的身体。

则子轻轻咳了一声，再一次敲响窗户，保安终于睁开了眼睛……"啊！老师……对不起！"

保安慌里慌张地站起身来，摘下耳机，按停了磁带。

"没关系，抱歉，打扰你了。"则子笑着说，"不过，我想还是按照规定登记一下吧。"

"好嘞！"保安随即打开窗户，递出登记簿，说道，"麻烦您登记。嗯……现在是，二十点零七分。"

岩井则子写下自己的名字，看了一眼前面的签名。

"哎呀，南原先生已经来了！"

登记簿上签着"南原悟士"的名字，是她熟悉的一丝不苟的字迹。

"是的，大约十分钟之前到的。"

"哦，真少见啊。"岩井则子把登记簿递回去，"好了，其他人如果来了，也请你放他们进来吧。"

"好嘞，老师！"

"被称呼为老师，我还挺不好意思呢！"岩井则子笑着说，"中林君，今晚一直是你值班吗？"

"是，关门时间跟往常一样是十二点。关门前我都在。"

"辛苦啦！"则子说着，朝大厅方向走去。

"啊……那个……"保安从窗口探出身子招呼道。

"怎么了？"

"您屋子里挺冷吧？空调关了。我去给您打开吧？"

"那就太感谢了……不过，不太合适吧？"

"没关系，他们不知道！"

年轻的保安名叫中林周一，二十五岁的单身青年，因此大多数时间会被安排值夜班。岩井则子他们集会的时候，基本上是这个年轻人在窗口值班。

"你知道我这个人怕冷啊……"

"这还不是一眼就能看出来！"

听他这么一说，则子"扑哧"一声笑了。事实确实如此。

"那就拜托你啦！不过呢，如果哪天被发现了，挨了批评，你可要告诉我，我会帮你作证说'是我拜托你干的'。"

"好嘞！"保安笑着说。他的笑容极为清爽，简直像个初中生或高中生。

则子走向光线昏暗的大厅，按下了电梯的开关钮。

这栋楼的八层有一家心理诊所，则子每周来这里上一次班。她现年三十四岁，拥有临床心理师资格证书，是心理疗法方面的专业人士，即心理咨询师。

如今在职场中，患心理疾病的不在少数。这种设在办公大楼里的心理诊所，需要多位心理咨询师每天轮流换班接诊。

不过，岩井则子作为专业人士的时日尚浅，白天的工作主要由几位男性前辈承担，甚至还出现过因为她是女性而被一些企业的男性管理者疏远的情况。

如今在日本，拥有临床心理师资格的超过四千人①，但心理咨询师的工作不是给人打一针说句"行了"这么简单的。因为费时费事，以至于像则子这样的心理咨询师每周还得花一个晚上做心理治疗。

一出八楼电梯，眼前就是一扇门，挂着"S心理诊所"的牌子。则子总觉得，这扇门从外观来看，对那些背负着沉重的苦恼来求助的人来说有点儿冷漠。但以她目前的身份，没有对此提意见的资格。

"晚上好！"

则子进门看见接待处只有一名护士留下值班，再一看，留守的是这家心理诊所中资历最深的大冈纮子，她顿感放心。

"老师，晚上好！"大冈纮子微笑着说，"今天还没有

---

① 本作首次发表于1995年11月，此处的数据为当年的估数。

人请假。"

"是嘛。"

大冈纮子已年近五十，虽然她比则子年长，但每次见面打招呼必称则子为"老师"，不曾流露出任何小觑则子的神色。在这方面，她有着专业人士的素养。

"连南原先生也已经……"

大冈纮子压低了声音，看着屋子里面小声说。

"哎呀！真少见……那我进去了。"

则子在楼下看登记簿的时候就知道南原已经来了，但她还是做出了刚刚知道的表情。人哪，交流信息的时候都是以为自己的话会让对方感到吃惊才说的嘛，如果对方的反应是"这事儿我早知道了"，就会让主动搭讪的人觉得很没劲。

则子刚要进屋，忽然止步，回头问了一句：

"您女儿……好些了吗？"她听说纮子的女儿感冒了，但正赶上大学的入学考，着急坏了。

"嗯，睡觉时暖气开得太足了。她应该长记性了。"

大冈纮子说着，特意点头致谢。则子看到大冈纮子在这一瞬间脸上浮现出做母亲的特有的笑容……

则子先敲了敲门，然后开门。

"呦，老师来了！"南原悟士坐在沙发的一角，抬起手打了个招呼，"真好看啊，您这身衣服！"

"谢谢！"

则子不穿白大褂。心理咨询师可不是医生，所以她总是穿自己的衣服。当然，这就需要在选择衣服款式和考虑颜色搭配等方方面面花费些心思。

"您今天下班还挺早的，南原先生。"

则子说着，在一张离大家稍微远一些的椅子上坐了下来。

在这里，则子一向只负责充当倾听者的角色。实际上，不少人仅仅因为能尽情倾诉而被治愈，获得重生。

"您说下班啊……"来自家喻户晓的一流企业K电机公司的南原悟士微微耸了耸肩，"真是讽刺啊！当初特别想按时下班却无论如何都做不到，而现在不想这么早下班却早早被人赶出来。"

"又出什么事了……算了，等等其他几位，应该很快就会到了。"则子打开了装有今天这个小组成员资料的文件夹。

岩井则子在这里进行的是小组式心理治疗。她认为，对有些病人，与其一对一治疗，不如组团谈话更有效果，于是把这样的人集合起来，让他们互相倾诉，也就是发牢骚，同时互相倾听。

则子只负责在一旁看着他们聊天，非必要不插嘴。

"您多大了？"南原问道，"这样问是不是失礼……"

"我倒不觉得。在不在意，因人而异。我今年三十四岁。"

"年轻，真年轻啊。"

"您是说年龄还是说看起来显得年轻？"

"两方面都是。我们公司里跟我同一科室的也有三十五岁的专家，看起来比您要老十来岁。"南原盯着则子接着问道，"男性交往方面呢？"

则子笑了，回敬他：

"您喝多了吗？这里可不是酒吧哦！"

这个时候没必要跟他较真。对南原来说，他身边缺少这种能轻轻松松说这种话且听完一笑了之的人。

一本正经的科长——南原一直顽固地认为这应该是自己的定位。可以说，这份执念是压迫着南原的心理病根。

"你们还记得我说过三年前我常驻东南亚的事吧？"南原冷不丁地提起了话头，"当时有个很优秀的男人在工作上给予了我很大帮助。后来他来了日本，来了公司总部。我当时太感慨了，对方也高兴得满眼含泪呢……唉，反正当时我想着一定要给我们部长引见引见，就领着他去了。没想到部长不在办公室。我们部长那个人哪，总是不声不响就闪人。"

南原苦笑了一下，接着说道：

"当时大家都传言说，部长总去跟总务科新来的女孩约会。唉，这种事先不论真假，我让他在部长办公室里等着，自己出去找部长了。然而运气太差了，我前脚走，部长后脚就回来了。我去接待室那边看了一眼没人就回来了，没想到回来时看见保安正往这边跑，像是出了大乱子。我心想出什么事了，悄悄伸头往里看了看，当时部长正大声嚷嚷'这里有个奇怪的家伙'，然后保安跑过来把那个人当成了小偷，还把他双手都捆了起来……"

南原皱起眉头，接着说道：

"后来由我说明情由，解除了误会。然而部长死活不肯道歉，还冲我怒吼：'谁让你带那样的人来的！'这事儿你们怎么看？反正我不知道该怎么向那个人道歉。"

"太过分了……"则子说。

"那位部长简直是傲慢与偏见的结合体！像他那样做人的话，即使把业务开拓到了海外也不可能顺利。"

"你瞧瞧你额头都出皱纹了，赶紧让自己放松下来！"

则子刚说完这句话，就听到门口有人说：

"那种家伙，宰了算了！"

因为门没关严实，处于虚掩状态，所以说话的这位应该是在门口听到了里面的谈话。

"快进来吧，相良同学！"

则子招呼这位戴眼镜、头发梳得一丝不乱、一眼就能看出是个好学生的十四岁少年。

"老师，晚上好！"

相良一规规矩矩地打了声招呼。

"课外班怎么样？"

"不像学校里那么无聊，大家都挺有干劲儿的。"

虽然说话方式不怎么样，但绝对没有讽刺的意思。首先，相良一这孩子原本就是直性子，总是极为直接地表达自己的观点。况且，他从来不会看不起学习差的孩子。

他认为，自己是自己，别人是别人。他心里对这一点还是拎得清的。

当然，如果他真能做到彻底拎得清，就不会到这个地方来了。对相良一来说，"不在意别的孩子"有一个前提条件，这个前提条件是："我的成绩是最好的。"

"你说话挺狠的。"南原笑着说，"能宰了算了吗？"

"那可不！那种人啊，说什么都没用的嘛，一辈子都不会改变！还不如死了算了！"

"说的有点儿道理！"南原给予肯定，"说实话，那家伙即便死了……应该也没人觉得难过吧。"

"你说的那个部长叫什么名字来着……"

"太川,叫太川恭介,是我们社长的关系户,猛不丁地,就从别的地方调过来了。你们明白吗?简直是从别的公司突然调过来的,还是个比我小整整一轮的三十八岁男人。当然,一眼看去根本看不出他是三十多岁。"

"可是,真奇怪呀,怎么会让那样一个人来当部长?"

"这个事儿呀……"刚说到半截儿,南原就改口道,"哎呀,夫人您是什么时候到的?快快请进!"

"我是不是……打扰您了?"

正探头探脑往屋里瞅的女人名叫村井敏江。则子没发现她是什么时候到的,她是个走路总是悄无声息的女人。

"说什么打扰啊,您不也是我们当中的一员吗?"

南原即使处在这种场合也会不由自主地试图掌控场面。在则子看来,这正是他可悲之处。

"我看您二位聊得很是火热……"

村井敏江一边脱掉外套一边回应。

"啊,这……发牢骚这种事儿跟年龄没什么关系嘛。不是有个电影叫什么《发牢骚不分年龄》嘛,不过听起来不太像电影的名称呀……"南原说着笑起来,"哦,对了,相良同学，你那个对手怎么样？也想杀了他吗？"

"没必要！"相良一回答道。

"为什么？"

"我啊，有信心在下周的实力测试中赢他！"

"真棒！要有这个志气！"南原拍手称赞道。

则子却有点儿担心。相良一从小学四年级开始每逢考试总是全校第一，现在却败给了转校生，成了第二名。他深受打击，感到头疼、全身无力，于是来这里寻求治疗。其实第二名也很了不起，但相良一根本认识不到这一点。从他被取名为"一"来看，名字里饱含了父母想让他总是第一名的心愿，然而真正令人惊讶的不止这个。

跟他父母聊天的时候，则子听他母亲说过："之所以取这个名字，还有一个原因。我们想着孩子在考试的时候填写姓名这一栏尽可能不浪费时间！姓是相良，没法改变，名字叫一的话，写起来不就最快了吗！"

则子听了这个解释，惊讶得说不出话来。

事实上，如果想让相良一重新振作起来，需要重建价值观。他目前一门心思"要夺回第一"，根本解决不了问题。即便他在下次的实力测验中实现了第一名的华丽回归，也不能保证一直都能稳居第一。或许再下一次考试，他又会失败，又或许还有其他孩子追上来超过他。

"必须是第一……"则子觉得，要让相良一自己放弃这个想法，好像还需要很长时间。

"要加油啊！可不能输了！"南原拍着相良一的肩膀，"你的那个对手叫什么名字来着？"

"姓室田，叫室田淳一！"

相良一特意取来笔记用纸，用圆珠笔写出来给大家看。

"室田啊……我们那里也有一个姓室田的呢，那家伙酒品差，每次饭局上一喝酒就要脱光了衣服胡闹。"

相良一稍微皱了皱眉："那种事情好恶心啊……"

对相良一来说，不用心学习的人和做蠢事的家伙都不可理喻。则子对相良一的这种认知很感兴趣。他父亲是精英人士，也是要工作的，想必会有喝得醉醺醺地回家的时候吧……

"夫人，您今天不大开口啊！"南原又说话了，"是不是我今天话太多了？"说着笑起来。

"不是啦……"村井敏江慌忙摇头说道，"像我这样的人，谈不上有什么大不了的烦恼……跟大家比起来。"

"怎么能这么说？您不是已经到这里来了嘛，是吧？"

"是啊……"

村井敏江今年三十七岁，大概是因为不在意发型和着装，看起来像四十过半了。她看起来是个朴实无华、老实巴交的女人，但这种类型的女人如果长时间闷在家里，有时会像埋在灰中余烬未消的柴火那样突然燃烧起来。

"我约会了！"

村井敏江突然冒出来这么一句。

南原不明所以，问道："您说……约会？跟谁？"

村井敏江仰起头，眼神飘忽不定，说出的话却很肯定：

"跟他！"

大家都听得一清二楚。

2　演出邀请

"好了，走吧！"黑岛说，"你不回家没关系吧？"

野上惠利却并没有跟着从那家咖啡店的椅子上站起身来。

"惠利！"

"不可以！"

"为什么？"

"请您为剧团的人考虑一下。像我这样的新人被选为主角已经惹人不快，如果他们知道我跟您做了这样的事……"

"谁想说什么就说好了！"黑岛摇摇头，"你是靠自己的实力争取到那个角色的，大家心里都明白。"

"可是，还是不行！"惠利再次拒绝，"至少，在这部剧演完之前不行。"

黑岛叹了口气，笑着说道："暂时欠着吗？会这么想，确实是你的风格，倒也不错。"

"对不起！"

"不用说对不起，"黑岛好像没有不高兴，反而笑道，"到了我这个岁数，可能不知不觉就变成急性子了。"

"您说到了这个岁数……您还很年轻呢。"

"我的岁数比你大一倍哟！"

黑岛刚说完这句话，就听到邻桌有个声音：

"那您只好忍耐一段时间喽！"

"你是谁啊？"

黑岛惊讶地探头一看，一只三色猫突然伸出脑袋，吓了他一大跳。

"喂……是这只猫在说话吗？"

"怎么可能！"

"喵——"

"晴美？"惠利吃惊地瞪大了眼睛，"你来了？"

"前面的事情结束得比较早。"片山晴美站起身来，"原本没打算听你们谈话，但还是听见了。"

"啊……黑岛老师，这位是我的好朋友片山晴美。"

"这位呢，是我养的猫，叫福尔摩斯。请多关照！"

晴美打招呼的时候，福尔摩斯也仿佛会意地"喵呜"一声，像是打了个招呼。

"你好……"

黑岛看上去吃了一惊，机械地回应了一声。

"那我们就不客气了！"晴美说着，抱起福尔摩斯，换座位到惠利他们的桌子这边。

"你们早就约好了要见面?早点儿告诉我一声不就行了!"

"可别这样说。凡事按原则来,这不正是惠利特有的风格吗?"晴美说,"如果真的爱惠利,就应该等到公演结束。"

"晴美……"惠利似乎感到很是欣喜。她看向晴美,两个人悄悄地交换了眼神。

黑岛笑了,说道:"原来你有这么强大的后援!我可一点儿都不知道哦!"

黑岛(尚不知黑岛龙是不是他的真实姓名)这个人,如果说他的年龄比惠利大一倍,算起来已经是四十岁左右了。不过可能由于常年活跃在舞台上,他身材颀长,肌肉紧绷,显得很矫健。也许是为了配合剧团的名称"黑龙",他穿着黑毛衣、黑牛仔裤,浑身上下都是黑色打扮。

他的头发也是黑色的,但那种黑显得有点儿不太自然,让人觉得可能是染黑的。

他的脸型端端正正,显得意志坚定,虽然说不上有多帅,但眉眼间确实散发着迷人气质。

可他不是我喜欢的类型……晴美心里闪出这样的想法。

"喵——"

"怎么了？"晴美瞪了福尔摩斯一眼。

"这只猫真有趣！"黑岛笑着说。

"它叫福尔摩斯！"惠利说，"取了个大侦探的名字。"

"哟……一只三色猫取了个外国名字，真少见啊！"

黑岛很感兴趣地盯着猫一直看。

忽然，响起了"噜噜噜"的声音。

"哎呀，是我的电话响了。抱歉，失陪一下。"

黑岛从放在座位上的大提包里取出手机，起身往外走。

"喂……谁呀？"

他为了不打扰别人，走到咖啡店入口处的空地去接电话。晴美对这一点感到很满意。

"晴美，对不起啊！让你特意跑来一趟。"

"没关系，我这阵子正闲着呢！"晴美摇摇头，"不过，倒是惠利你，跟那位黑龙先生之间……"

"是黑岛先生啦。不过我们之间没什么，什么都没有发生。你要相信我呀！"

"我相信你。毕竟你还是个孩子呢！"

"哎呀，你好讨厌！"惠利故意板起脸来说道，"唉，我所苦恼的就是自己不得不承认这一点。"

"剧团里的人都不知道吗？"

"我很小心。无论如何，现在是临近公演的重要时刻，要是被大家嫌恶，我就要吃不了兜着走了。不过，剧团是那个人——黑岛老师——的个人剧团，他说自己私底下做什么与别人无关。但我……只是剧团里的普通成员。我不能像他这么想的，对吧？"

"我明白……我明白你的顾虑，也理解那位老师的想法。人一旦身居上位，就很容易那样考虑问题呀。"

"是啊……他可有女人缘了！即便他自己不主动搭讪，也会有很多女人簇拥过来。这么说可能有些夸张，但也跟真实情况差不多。说实话，剧团里任何一个女孩被黑岛先生招呼一声都不会拒绝。然而为什么像我这样的人竟然……"

晴美心想，你还是没有变……惠利还是不太了解自己。

而且，她应该不明白——她如此困惑于"为什么像我这样的人竟然……"正是让黑岛着迷的地方。

"真糟糕！"黑岛打完电话回到座位上。

"发生什么事了？"惠利问。

"是诗织打来的。"

"诗织小姐？发生什么事了？"

"诗织……是不是丹羽诗织？在上次的演出剧目里担任主角的那位？"晴美问道。

"是。"惠利点点头说，"她……现在身体不太好……"

从她欲言又止的模样可以推测：这件事跟惠利有关系。

"她想当然地以为下一部作品也应该是由自己担纲主演。"黑岛解释说，"结果看到这部戏的主角给了惠利，受了刺激，出现了神经衰弱的症状。"

"她现在……定期到心理咨询师那里接受治疗……"惠利看起来心情相当沉重，"真可怜啊……"

"你会把主角让给她演吗？"

惠利稍微犹豫了一下，回答说："我不愿意！"

"那不就行了！你没必要为这件事烦恼。处理投诉是我的工作，导演就是招人恨的。把事情都推到我身上就行。"

"可是……诗织小姐她……为什么打电话呢？"

"她要到这里来，说是马上就到。"

"啊？"

"她固执地认为我在跟你单独见面，怎么解释她都不相信。我说，你要是不相信就自己来看吧。真拿她没办法！"

晴美听他这么说，也感到颇为无奈。毕竟在得知晴美会来这里之前，他还曾诱惑惠利，想跟她约会呢。

"不好意思，我打听一下，叫丹羽诗织的是您的恋人吗？"

"诶？啊……是啊，曾经是的。"

他说这话的时候脸色淡然，波澜不惊。

这大概就是艺术家的任性吧。

"那么，我跟晴美先告辞了。"惠利说着就要站起来。

黑岛赶忙挽留："不行啊！这样反而说不清楚了。如果让她看到你的朋友和她的猫，她就不会再怀疑了。"

"可是……"

"哎呀，已经来了！"黑岛看了一眼被推开的店门，"感觉是跟踪我到了这里，然后在外面打电话……喂，这边！"

黑岛举起手招呼道。

只见那位女士板着脸朝这边走来。

大约二十五六岁吧，从长相来说，是比惠利还要容貌端正的美人，但是她身上有一股自尊心很强、难以接近的气质，反倒让人感觉到她内心隐藏的脆弱。

"惠利是跟这位女士约好了的，你明白了？"黑岛说。

"片山晴美，我的老朋友。这是她养的猫，福尔摩斯。"惠利介绍道。

"你好！"丹羽诗织像演员演戏时那样响亮地寒暄道，"那么，我把老师从这里带走，没什么问题吧！"

"那个……得看老师自己的意思了。"

"没问题吧，老师？"

　　黑岛有些犹豫。但他看到惠利不安的表情，觉得先安抚丹羽诗织的情绪才是上策。

　　"啊，没问题。我需要跟惠利沟通的事情已经谈完了。惠利也马上要跟朋友一起走呢。"

　　"那么，现在跟我沟通吧。"

　　诗织说着，紧紧地抓住了黑岛的胳膊。

　　"好的，好的……"黑岛苦笑着说，"啊，对了，你是姓片山还是什么来着？"

　　"什么？"

　　"我刚刚脑子里蹦出一个想法……"

　　"什么想法？"

　　黑岛说出自己"脑子里蹦出一个想法"后就陷入了沉思。他半闭着眼睛站在那里，身体一动不动。

　　晴美迷惑不解地看了看惠利。惠利解释说："老师一旦脑子里产生了想法就是这个样子。你现在跟他说什么都没用。他的心已经完全沉浸在虚构的舞台上了。"

　　"哦……"

　　确实能感觉到他正集中精神。丹羽诗织应该也感受到了这一点，对要走过来点餐的服务员默默挥手，不让对方靠近。

　　这个状态大约持续了十五分钟。在此期间，黑岛仿佛连呼吸都停止了，最后终于长舒一口气，身体放松下来。

"好吧！"他自言自语道，"就这么办！嗯！我想好了！"他双眼闪着光，看起来仿佛突然年轻了好几岁。就连晴美都不由自主地觉得，仿佛不仅他身边这两个女人，连周围的女性都被这个男人深深地吸引了。充满创造力的能量正从他的身上汩汩涌出，这种感觉在那些为了工作而身心疲惫的男人身上根本不可能感受到。

"那么，就这么定了吧！"

他突然来了这么一句，晴美只能莫名其妙地眨着眼睛。

"老师，您还什么都没说呢！"诗织笑着提醒。

"啊？是吗？我没说吗？"他看起来不像是装糊涂。

"请务必加入这次的演出！这绝对是需要的！"

"什么？"晴美惊讶得目瞪口呆。

"就是这么回事！这次的演出能否获得成功，这才是关键！你如果拒绝，就是犯罪！懂吗？"

"那个……请等一下！"晴美急道，"我……从来没演过什么戏！根本不可能啊！"

然后大家听到这位天才导演说："你？跟你有什么关系？"

"什么？"

"我是说这只猫！它才是跟下一场演出最契合的形象！"

晴美愕然，不知该发火还是该发笑，烦恼不已……

"你说……什么？"片山义太郎停下正往嘴里送饭的手，"你要当福尔摩斯的经纪人？"

"对！怎么说呢，一个艺人怎么可以不配备经纪人呢！"

"可是……到底给不给出场费啊？"

"要说这个……那个黑龙剧场的叫黑岛的人啊，可真是个人精。据说他不仅牢牢地抓住了不少赞助商，演出时还会找电视台直播，这方面可有手腕了！"

"哦……"

"当然，无论怎么折腾，听说演戏本身是赚不回本钱的，但给参加演出的艺人付点儿报酬，还是能做到的。"

"可是，福尔摩斯答应了吗？"片山说着，朝跟他一样在这个点儿才吃上晚饭的福尔摩斯看了一眼。

"当着黑岛他们的面，怎么能直接询问福尔摩斯的意思呢！不过看它的样子好像并不反感。"

这场对话发生在片山义太郎和片山晴美兄妹居住的公寓里。供职于警视厅搜查一科的刑警片山义太郎下班回家的时间总是不确定，像今天这样在晚餐与夜宵之间吃饭的情况不在少数。

片山晴美原本是某培训学校的办事员，因学校搬迁，人事裁员，现在赋闲在家。因为拿到了不少退职金，所以现在能不慌不忙地寻找下一个工作。

担任福尔摩斯的经纪人这件事，正是求之不得的好差事。

"可是……到底要演什么戏？"

"我也不知道。反正通知明天去排练场看看。看了如果不喜欢，福尔摩斯肯定会告诉我的。"

"嗯……不过，那个女孩说的那件事怎么样了？"

"啊，'有可能被杀死'那件事？"

"对啊。我明白了，是因为这件事，你才决定去掺和吧？"

"也不仅仅如此啦。"

"所谓'有可能被杀死'，是不是跟那个叫什么诗织的女演员有关系？"

"丹羽诗织？怎么说呢，要说她杀了人，我倒不以为奇。"

片山听了，不禁皱起了眉头，说："你不要又往危险事情里瞎掺合！即使嚷嚷'闲着也是闲着'也不行！"

片山正发着牢骚，又忽然说道："呀，这个脚步声……"

"是石津先生！"

沉重的脚步声已经走上二楼。

"你告诉他能不能走路的时候稍微把步子放轻点儿！"

片山颇为不悦地嚷嚷道。

"你怎么不自己说给他听？"

晴美说着，走到玄关处打开了大门。

"诶？"石津惊讶地眨眨眼睛，"我还没按门铃呢，仅凭脚步声就知道是我来了？真是奇迹啊！这就是爱！"

"谁都听得出来！"片山不客气地说。

"哎呀，我好久没有见到晴美小姐啦！"

"你不是昨晚才来过嘛！"

"可是已经过了将近二十四小时！真是好久不见！"

石津强调道。

片山心里明白，晴美最近"失业在家"，正是他频频来访的好时机。石津这个人绝对会这么做。当然，这种话可不能当面说破。

"呀，你们正在吃饭？"

"是啊，石津先生，你也吃点儿吗？"

"可是……那样会不会显得厚颜无耻啊……"

已经显得厚颜无耻了。

"那么，我就不客气啦！"

片山考虑到这个月的伙食费，不由得叹了口气。

"也就是说，福尔摩斯小姐要出道了！"石津听了福尔摩斯的事情，感叹道，"这可要庆祝一下！"

"喵——"

福尔摩斯发话了。

"福尔摩斯说'大可不必'呢。"晴美一边吃着茶泡饭一边说，"总而言之呢，我是担心惠利。当然，丹羽诗织也是演员，不可能允许自己去毁掉舞台演出……"

"说的是啊，可能只是杞人忧天。"

"不过，万一发生什么事，希望你们赶紧过来！"

听晴美这么说，石津停下筷子问道："晴美小姐……参加演出期间，剧团那边管饭吗？"

3 心动

不会吧……

这怎么可能！毕竟……毕竟……

"你好！"对方终于意识到她的存在，朝她走过来，"咱们又见面了呀！"

"濑川先生……您怎么会坐这班电车？"

村井敏江问了一个很奇怪的问题。

"偶然而已。我可以坐这边吗？"

"当然，请坐！"

已经过了上下班高峰时段，电车里随处可见空位。

敏江往一边挪了挪，让濑川朋哉坐在身边的位子上。

"可是……还真是令人吃惊啊！不久前，时隔十年刚刚重逢，今天又见面了啊！"濑川感叹道，"也许我们其实原本就曾经乘坐过同一班电车，只是彼此没认出来罢了。"

"是啊。"

敏江勉强笑了笑。她心里其实根本毫无笑意。

偶遇濑川，而且是两次偶遇——不，这不可能是偶然相遇，很可能就是命中注定。

"你总是这个时候回家吗？"濑川问道。

啊！这个声音与当年一模一样。虽然听起来有一点点岁月感——这是理所当然的，毕竟濑川已三十九岁了——但他并没有像自己的丈夫那样不健康地发福。

不过，即便已经秃头了又怎样？即便疲惫不堪又怎样？这些都无所谓吧。我自己不是也三十七岁了吗？不再年轻了，而且活得确实很累。

但丈夫对她这个"活得很累"的人是毫不同情的。但凡他曾经给过我一句暖心话，我也不至于……在她丈夫村井贞夫心里，大概只会觉得"我这么勤恳工作、身心疲惫的人，根本没必要去顾及老婆的心情"。

敏江之所以去看心理医生，起因是一件很小的事……

"被打了？"濑川吃惊地反问道，"被你丈夫？"

"嗯。"

"这样啊……这可不是什么很小的事，这简直是一件不得了的事。"濑川面露愠色，"你做了什么事以致挨打？"

两个人都在敏江下车的车站下了车，走进了一家小酒吧。

说起来，这是梦一般的重逢——不，不是梦一般，就是一场梦。本来这场梦应该是浪漫的，聊着愉快的话题，然而今天的敏江能聊的话题只有一个，那就是自己的不幸。

"因为报纸……我从一张报纸上剪掉了一块儿。"

"报纸？"

"报纸上刊登了一篇关于洗涤剂的对比报道，我这个人对这样的文章比较在意。"敏江顿了顿，接着说："然而被我剪掉的那一页有他爱看的关于象棋的栏目。那天他回来，一边吃晚饭一边翻看报纸晚间版，不一会儿就注意到报纸的页数不对，生气地嚷嚷'中间这一页不见了呀'。我赶紧说'在这里呢，给你'，给他递过去了。他说'你为什么不道歉'……这样的事值得道歉吗？我只当他在开玩笑，一笑了之。突然，他伸手一巴掌，朝我的脸打过来……"

"太过分了！"

濑川皱着眉头。

"比起疼痛，我更感到震惊——我从来没遇到过会因为这样的事而发火的人……"敏江苦笑，"最终因为我始终没有道歉，我丈夫好几天都绷着脸。而我呢，也开始一天到晚地感到头疼了——我想，既然不是感冒，就肯定是神经方面出了问题，于是去看了心理医生。"

"这样啊……这些事情都挺烦心的吧？"

"是啊。"

敏江喝了一口已经凉掉的红茶。

"每个人，各有各的辛苦。"濑川叹了口气。

"是啊——不过你还挺好的吧。进了一流企业，还和美女同事结了婚，会有什么辛苦呢？"这话听起来有点儿泛酸，敏江不由得后悔说出口，"对不起啊，我不该这样说——我没什么好发牢骚的，毕竟有个那样的丈夫。其实他也是有优点的……他也有挺好的时候，毕竟是我自己选择的结婚对象。"

"任何人都会犯错误。"濑川说，"其实……上次见面的时候我没说出口，当时我只是想在你面前撑面子。"

"撑面子？"

"现在的我是个自由职业者，干编辑的活儿。所谓自由职业者，听起来好听，其实大多时候没活儿干，处于半失业状态。"

敏江哑然。

"怎么会呢？你是开玩笑吧？"

"如果跟你只是偶然见一次面，我就撑面子过去了。像这样能第二次见面，我觉得肯定还是有原因的，所以最好还是不要再隐瞒了。"

"可是……发生什么了？"

"因为我老婆……"

"您夫人？"

"是个败家婆娘，瞒着我到处借债，欠了很多钱。某天我回到家，看到一张留言条，人没影儿了。"

"那可……真是太过分了。"

"她以我的名义欠下巨额借款。没办法，我只能把房子什么的都放弃，还辞去了工作，拿到的退职金都用于还债了，一文不剩——我还向父母求助，总算还完了欠款，不过自己得白手起家，重新打拼了。目前经济不景气的情况下，新工作哪有那么好找？"

濑川说着，露出清爽的笑容。

"有什么好笑的？你还笑得出来啊。"

"因为笑是不用花钱买的——这下，咱们就不用互相感到自卑，能对等地聊天啦。"

听他这么一说，敏江也笑了。半是勉为其难，半是无奈，但终归笑了。

比起相处了十几年的丈夫，眼前这个刚刚相处几分钟的濑川倒是感觉更亲近。

"这么说，你现在单身？"敏江问道。

"嗯，很遗憾。如果你也单身，我就不会放手了。"

这句话，濑川可能是轻轻松松说出来的，却像一把刀扎在敏江的心里。

"那种家伙，宰了算了！"

不知做了个什么样的梦，奇怪的是，这句话像真的一样，清清楚楚地在她耳边响起。岩井则子猛然睁开眼睛，醒了。

啊……我竟然睡着了。

电车"咣当咣当"地摇晃着，大概很快要进站了，速度开始降下来。行驶到这一路段，下行的电车开始有大量空位。则子想确认一下站名，探身朝车窗外张望。

看见了站台，读到了站名。还好，还有两站。

在回家的电车中打个盹儿倒也不稀奇。况且她总能在电车行驶到这一段附近的时候自然醒来，这很有意思。

"那种家伙，宰了算了……"

对了，这句话是今晚心理治疗的时候，少年相良一说的。

那个头脑聪明的孩子清清楚楚地说出了这句话，让人印象非常深刻。如今的孩子动辄说要"宰了"谁。如果是不懂得生命宝贵的小孩子这么说，是无可奈何的，但相良一已经十四岁了。这个年纪，应该能了解普通人的痛苦了。

忽然想起来，今晚丹羽诗织缺席了，理由是戏剧排练太忙了。其实她的烦恼是，即将上演的新剧主演——主角的宝座——被新人女演员抢走了。

然而，她本人何尝没做过同样的事？曾几何时，她也从谁的手里抢走过主角的宝座呢。然而今天成了被抢者，就忘了自己过去的所作所为……

啊，到站了。

则子刚要站起身，忽然觉得一阵头晕——太危险了！

好不容易站稳了，但还是差点儿摔倒。

最近起身时总会头晕，类似贫血的症状时有发生。虽然心里有点儿在意，但如果一一去做检查，就会没完没了。

医生还不都是一样？他们对患者说："要认真地接受检查呀！"可他们自己都不愿意去检查身体。

则子在心理诊所听南原他们聊自己的事情时就这样想过：我自己呢？我就没有问题吗？我难道真的不用接受心理治疗吗？

虽然总是给别人忠告，但并不意味着自己没有任何问题。

出了车站，寒风刮在脸上。则子缩了缩脖子。对不耐寒的则子来说，从车站到家这一段路相当难熬，因为至少要步行十五分钟。然而不管如何唉声叹气、畏首畏尾，这段路都不会缩短，则子干脆迈开了脚步。

　　我要思考一下那些来接受心理治疗的患者的情况，这样说不定能忘记寒冷。

　　这段路很荒凉。但以则子目前的收入水平，只能租住在这样较偏远的公寓里。大家都是"被谁夺走了本该属于自己的位置"的人啊！

　　南原被姓太川的男人抢走了部长的位置。相良一被叫室田淳一的孩子抢走了第一名的宝座。丹羽诗织被抢走了演主角的机会……只有村井敏江稍有不同，不过如果换个角度来看，她丈夫的位置原本属于另一个男人，那个刚刚重逢的男人。这样一想，她的情况大概就跟大家一样了。

　　人啊，总是不停地慨叹不知道哪里搞错了……

　　"岩井女士……岩井老师！"

　　听到有人喊自己的名字，则子迟疑了一会儿才扭过头。她在这条路上还从没被谁认出来打过招呼。

　　"啊，您好！"

　　是住在同一栋公寓的人。他从车窗里探出头来说："要搭车吗？反正一个方向。"

　　他叫田口，是个营销员，看起来年近四十，一个人住。平时待人总是非常和气，然而则子从没跟他接触过。

　　"可是……"

"这么冷的天，要是感冒就太不划算了。来，上车吧。"

"那我就……"

则子心里觉得这是好事，干脆利落地钻进了副驾驶座。

"我总是把车停在车站附近。"这个额发已略秃的男人一边开车一边说，"毕竟是干销售的，谁知道晚上几点才能回来呢。"

"好辛苦！"则子问，"刚才您喊我老师，是吗？"

"对啊，您不是医生吗？"

则子吃了一惊。

"说是医生……其实我是治疗师，心理治疗师。"

"治疗心病的啊……听起来好像跟我这种人没关系。"

田口笑着回应。

则子觉得，如果要聊彼此的私人情况，就要作好今后可能会有来往的思想准备。是的，如果不想熟络下去，最好保持对彼此一无所知的状态。

话虽这么说，还是不由自主地问了一句：

"田口先生……您是单身吗？"

"是啊。准确地说……是离过一次婚。对老师的提问，最好是老老实实地回答呀。"

"抱歉，我问得太多了。"

"哪里哪里！作为回礼……请问老师您也是单身吗？"

则子笑了，回答说："正如字面意思，单着呢。"然后又解释，"工作太忙，没时间谈恋爱。"

"不过，还是因为您依然年轻吧！"

"哪里，我已经三十四岁了，再怎么说年轻也已经……"

"我已经三十八岁了。我孩子……是女儿，很快就要九岁了，虽然我已经快两年没见到她了。"

他的语气根本听不出来这件事让他感到难过。

公寓出现在视线里的时候，则子心想，要是路再远一些就好了。好讨厌啊，我在想什么呢？

田口把车子停在公寓楼前，说道：

"您在这里下车吧，我要把车子停到前面的停车场去。"

"太感谢了！帮了我大忙！"

则子抱着书包从车里钻出来，冷风吹得她再次缩起脖子。

"那么，再见了！"

"晚安！"则子说完朝公寓跑去。

她回到了二楼自己的住处，当然，房间里也是冰冷的。

还没到最冷的时候，接下来应该会一天比一天冷。

则子只把外套脱掉，点着了房间里的炉子——这个小小的房间会很快暖和起来吧。

今天她感觉没那么寒冷，原因是搭田口的车回来——原来姓田口啊。这个男人原本不是则子愿意搭讪的类型，一旦搭过话，却发现这个人其实很有趣。

则子一直把"永远不要先入为主"作为信条，居然对身边的人抱有成见——临床心理咨询师也一样啊，一旦抛开工作，难免摆脱不了对人的偏见。

屋子里慢慢地暖和起来。

则子缓了口气，脱掉衣服，换上居家服。要赶快把洗澡水放好！放水的声音会传到楼下，这一点要注意呀。

正在整理脱下的套装，电话铃响了，她吓了一跳。

这个时候的电话，大概率是家里人打来的。

"你好！"则子接起电话。

"我是田口。打扰您休息了，真是抱歉！"

"没有，非常……非常感谢您！"

"哪里，不客气！"一阵沉默之后，田口又说，"您……很忙吧，每天晚上都……"

"也没有，并不是每晚都忙。"

"那……如果哪天能抽出时间，能不能一起吃个饭？"

则子对这个意外的提议感到不知所措。

"这个……很感谢您的心意，但是我……"

"啊……不是……可不是嘛。算了，我原本只是试试。那么，打扰您了。抱歉……"

"不客气……真对不起！"

刚放下电话，则子就后悔了。

为什么要拒绝？人家只是邀请我一起吃个饭，绝不会抱有什么别的想法。而且，即便有什么别的想法，我也三十四岁了，不是小孩子了。

辜负了田口的一番好意啊……如果不合适也就罢了，现在不分青红皂白就拒绝，只能说明自己不信任田口。

则子意识到自己太拘泥于无聊的顾虑了。

人啊，总是对自身不够了解。

则子从厨房的抽屉里找出街道会员名册，打开，翻找其中姓田口的部分。虽然直接到他家里去一趟更简单，但是自己眼前这身打扮……

找到了，他叫田口丰。

拿起电话，刚拨了号码，对方就接听了。

"喂？"

则子犹豫了。如果就这么挂断，对方猜不到是谁打来吧？

"是老师吧？"田口问。

"田口先生，真是对不起，我其实……很高兴……能跟您一起吃个饭。"

"太好了！虽然我不太可能带您去很高档的地方。"田口的语气听起来好像心头放下了顾虑，"那么，您哪天方便？"

"我要查看一下日程，请您稍等一下。"

则子说着，伸手到包里翻找记事簿。

4 演出

"站在那里! 不要动……对! 猫咪蜷着身子卧在椅子上!"

剧团成员苦笑着, 脸上的表情都表示不相信猫能听懂人话。

因此当那只三色猫忽然跳上椅子, 而且蜷着身子卧到上面的时候, 大家都惊讶不已。

"快看! "导演得意洋洋地说, "连一只猫都能按照我说的去做, 它比你们要优秀得多! "

被导演这么数落的团员们都颇感不自在。

"碰巧了吧! "

"椅子上不会事先放好了小鱼干吧? "

大家忍不住在周围窃窃私语。福尔摩斯倒是摆出一副"我是自己愿意才跳上椅子"的表情。

"喂……惠利是怎么回事? "

黑岛问道。

"还没来呢。"

一个姓有田的男人回答, 他是剧团的经纪人。

"还没来？有消息吗？"

"没有，应该是因为电车晚点之类的。"

"好吧……"黑岛没有追问，又问了句："诗织来了吗？"

"好像刚才看见她……"

有田还没说完，就看到丹羽诗织走了进来。

"抱歉来晚了。"

"哦……"黑岛点了点头，"惠利还没来，等一会儿吧。"

"好。"

晴美陪福尔摩斯一起来到剧场。今天是在借用的剧场进行排练，舞台上简单地摆放着几件家具，配合具体的动作对台词。

"黑岛先生！"

晴美走下舞台，朝坐在观众席上正往剧本上写什么的黑岛打了声招呼。然而黑岛好像正在思考问题，完全没听见似的，只顾埋头写。

晴美于是朝在过道上做拉伸放松身体的丹羽诗织走去。

"诗织小姐！"

"啊……你是昨晚那位……"

诗织的脸上已经微微冒汗了。

"你今天来晚了，是出什么事了吗？"

"不是，是导演记错了。"

"你是说黑岛先生？"

"他告诉我的时间晚了三十分钟，不过这是常有的事。"

"这样啊……你跟他解释一下不就行了嘛。"

"不行啊，迟到的人要道歉，这样就不会挨训。要是试图找理由辩解，他就要大发雷霆了！"

"啊？"

"所谓天才就是这么难以理喻吧。"

诗织说着，笑起来。

"惠利她今天是怎么回事，你知道吗？"

"不知道。这种情况很少见呢，那孩子从不会在排练的时候迟到，我觉得她这一点特别了不起。可是今天……"

看到诗织没有露出一丝一毫对惠利怀有敌意的态度，晴美深受感动——其实她内心不可能没有任何想法，但会不会当众说人坏话或恶意中伤别人，就看当事人的心情了。

"那个……我听说你在接受心理治疗？"

晴美知道这件事也许诗织不想被提起，但还是问了。

"是，好开心！"诗织毫不犹豫地回答道，"去之前也很纠结，很在意别人会怎么看。但跟大家一起聊了聊，很受益。我还想着演员们是不是都应该去接受一下心理治疗。"

"听起来好有意思。去的都是什么人？"

"各种人都有呀，有中学生，有公司职员……"

诗织正要一一细数，却听到福尔摩斯发出尖锐的叫声。

"喵——"

响亮的猫叫声在剧场回响，晴美大吃一惊，出什么事了？

福尔摩斯蓄势从椅子上跳下，沿着通道跑了过来。

"福尔摩斯！"

福尔摩斯跑过晴美身边，朝剧场后面的入口方向飞奔过去。剧场后门口站着一个人……

"惠利！"

晴美追着福尔摩斯跑过去。

这情形异乎寻常。

惠利精神恍惚地靠在门上，眼看就要瘫到在地。

"惠利！"

晴美跑过去，倒吸了一口气——惠利的外套上沾满了泥，而且能看见外套下面的裙子已经被撕烂了。

"她需要休息，得找个地方让她躺下！"

晴美搀扶着惠利走到大厅里。

"出什么事了？"

丹羽诗织走出来询问道。

"这里有没有能躺一会儿的地方？最好是不大有人进出。"

"这个嘛……这个时候只有后台的化妆间……跟我来。"

丹羽诗织从另一侧搀扶着惠利。

两个人扶着惠利正朝着化妆间走，黑岛走了出来，问道：

"出什么事了？"

"请您回避！"晴美说。

"可是……"

"还请您转告其他人，没出什么事。惠利外套里面的衣服都被撕破、弄脏了！"晴美语速飞快地解释，"所以，请您不要让任何人进入化妆间！"

晴美的话语里有一股让人难以反抗的魄力。

黑岛好像理解了事情的严重性，绷着脸走回去。

"惠利……好可怜啊！"晴美进入化妆间，让惠利躺下后说道，"坚持住！现在能说话吗？"

"人们说，山那边遥远的天空里……有着幸福……"

听到惠利开始背诵台词，晴美松了口气。

"我说你呀！太不让人省心了！"

"我去取点儿喝的东西过来吧。"

丹羽诗织说着离开了化妆间。

"对不起，我迟到了！"

"说什么呢！要不要去医院？"

"不行！现在不是去医院的时候！"

"惠利，这是怎么回事？"

惠利像是要控制住突突直跳的心脏，把手放在胸前做了个深呼吸，说道："我被强行拽进了一辆车子。"

"车子？"

"来这里的路上，遇到一辆面包车，好像想超过我。因为路很窄，我就停了下来。没想到……车后门突然打开，跳下来三个男人……我被他们连拉带拽地掳走，扔进车里。"

"然后呢？"

"衣服被扯烂了，我被死死地按着……我以为自己会被杀死。这个时候，车停了。应该是停在与铁轨交叉的地方了，我听到警报机示警。"

"是吗！"

"这时我的脚能活动了，就狠狠地朝一个人的大腿间踢过去。那家伙闷哼一声翻倒在地。我飞快地撞倒另外两个人，推开了后车门。当时正是电车经过的时候，任凭大声喊叫也没有人能听见。于是我从车上滚了下来。"

"好危险啊！"

"车子就那样开走了。我差点儿被后面驶来的车撞上，"

惠利停下来，长长地呼了口气，"这次遭遇算是案件吧？"

"绝对是！那……惠利，你没事吧？"

"啊？"惠利看着晴美，忽然红了脸，"嗯……没事。虽然受了点儿伤，但没受伤害。"

"是嘛……那就包扎一下伤口吧。"晴美放下心来，"可是，究竟是谁干的呢？"

"谁知道呀！难道有人对我这么着迷？"

"你倒还有心情瞎想！"晴美苦笑着说，"这事得跟我哥哥说说，让他查一查。属于施暴未遂！"

"算了吧。"

惠利轻轻地摇了摇头。

"为什么？"

"哪有时间呀！现在正是紧要关头！"

"可是……"

"你看，反正抓不到人，我只记得是一辆白色面包车。我对汽车不了解，根本说不出是什么品牌、什么年份、什么型号，也没记住车牌号。我不想白白浪费时间。"惠利说着，握住了晴美的手。

"好吧！"晴美点了点头，"不过呢，如果对方这次是冲你来的，你很有可能还会遭遇危险。所以还是要尽量把自己能想起来的事情都说出来，其他的就交给我和我哥哥吧。"晴美试图说服惠利。

惠利低垂着眼睛想了想，轻轻地点了点头。

"嗯……好的，那就拜托你了！"

丹羽诗织给惠利端来了热水。惠利看起来非常高兴，真诚地表示感谢，把水喝光了。

晴美偷眼朝福尔摩斯那边看了看，发现福尔摩斯双眼紧闭，好像在深深地思考着什么。

也很有可能是在打盹儿吧。

"什么事啊！"

南原悟士站在一家会员制俱乐部门前，有点儿烦躁不安地敲了敲门。门马上开了，还没等他自报家门，侍者就开口了：

"太川先生正在等您。"

他跟在侍者身后被引领到了一个小房间。

"你真慢哪！"

太川不耐烦地埋怨他道。

"工作上的事情太多了……"

南原说着坐到了沙发上。

也不说是什么事，就把人约到这样的地方来。眼前这位，最近两三天都没见他来上班。

南原作为科长，这个时候大感窝火是理所应当的。

"南原……"两个人端起盛饮料的玻璃杯象征性地碰了碰，太川开口了，"我知道，你一直讨厌我。我也觉得，你有理由讨厌我。"

"是吗！"

南原盯着精明世故的太川的眼睛回答道——预感到了危险。千万不能说错话。

"原本该你当部长的，是我横插一杠子，从你手里夺走了部长的位子。但是呢，我对你是很赏识的，真的。"

"谢谢。"南原不咸不淡地说。

"将来总有一天，你会坐到部长的位子上。这一点我敢保证。然而这年头，经济不景气，人才多，位子少啊。这已经不是只要论资排辈就都能晋升的时代了。你要学会让上面的人觉得'亏欠'你——这是很重要的。"

"亏欠"？

南原不明所以。

太川忽然转换话题道："你负责的科室里有个叫岗枝的，你认得吧？"

南原感到莫名其妙。

"当然认得，我们共事十几年了。"

岗枝靖子现年三十五岁，是老员工，平时不大说话，老实巴交的，很能干。作为部下，是比较值得信赖的。

"对了，这两三天她没来上班。"南原忽然想起来，补充说道，"我还纳闷她是怎么回事呢，很少发生这样的事。"

"昨晚我跟她见了面，聊了聊。"

太川说道。

"部长您……跟她见面聊了聊？"

还是不明所以。

"她说啊，三天前的晚上加班的时候，被强暴了。"

南原大吃一惊。

"三天前……对了，当天确实只有她下班后没走，可是……"

"你也没走吧。"

"我待到九点钟左右。正想着要下班离开时，环顾了一下办公室，只有打字室里的岗枝小姐还在，我跟她说了声'辛苦了'，就离开了。"

"那个时候有没有说什么别的话？"

"别的……好像说了什么'你还不回家啊'之类的。她好像回答'得把手头的活儿整理出个头绪再走'。是的，然后我就离开了。"

"有没有其他人当时也在加班呢？"

"这个……我看得见的范围内，没发现有其他人。"南原摇了摇头说，"那么，岗枝小姐没事吧？"

"倒是没受伤，不过精神上受了打击，住院了。"

"这件事……我还不知道呢！"

"是被强暴，就在办公室里哦。这是巨大的打击啊！"

"到底是谁干的？已经知道是谁了吧？"

南原往前探了探身子，问道。

太川端着玻璃杯轻轻摇晃着说：

"根据岗枝小姐的证词，干这事的人就是你！"

"怎么可能！"

"你这话是什么意思？"

"岗枝小姐不可能说出这样的话……"

"是你不让她说出去的吧？你威胁她，说'敢说出去就开除你'，对吧？"

"这种话……这种话是岗枝小姐亲口说的？"

"是。"太川肯定地回答。

南原终于明白了，这并不是在开玩笑。太难以置信了。

"你打算怎么办？"太川问道。

"我根本就没干过这种事！"

"可是岗枝小姐很肯定地说是你干的。"

"我不知道为什么岗枝小姐会这样胡说八道，但我肯定没干过这样的事。我要去见岗枝小姐，当面跟她谈谈。"

"那你就是在胁迫她了。"

"为什么？我是要问明事情的真相，怎么就成了胁迫？"

"南原啊，你冷静点儿！"

"我冷静得下来吗！"南原大吼，站起身，随后叹了口气，"我……肯定没干过这样的事。岗枝小姐完全可以到警察局去报警。"

"没关系吗？"

"我又没干过，无所谓。"南原昂然挺胸答道。

"可是，事情一旦公开会怎么样呢？也许找不出证据证明事情是你干的，但是如果岗枝坚持认定就是你干的，你们俩就各说各有理了。"

"话虽如此……"

"好了，你听我说！即使最终是你赢了官司，可社会舆论会怎么样？即便没有证据，人们也会在心里想'也许就是那家伙干的'？你太太又会怎么想？即使她相信你确实没干那样的事，但还是会心存疑惑，会想'也许是真的呢'。她心里的怀疑是不会消失的。总之，说不清道不明的疑惑会永远存在。"

听了太川的分析，南原的脸色慢慢变得苍白。

"部长！"

南原想说什么，但终于打住了。

太川的这番话太过自然流畅。这就意味着这次谈话是他事先想好、预演过的。

"我说，南原啊……这件事，你看能不能交给我来办？"

"您是……什么意思？"

"岗枝小姐那边呢，由我去说项。当然，她会辞去工作走人，但是不会跟其他人提起这次事件。作为交换条件，我会给她一笔钱。"

"钱？"

"对！最终不就是靠钱才能和平解决嘛！"

"谁来出这笔钱？"

"我呗，或者说……算进公司的经费里。"

南原坐立不安。

"您到底想让我做什么？请说清楚！"

"说的也是啊……我简单跟你说吧！"太川喝光了杯中的饮料，"是这样的。我这里出现了一笔不可能不暴露的亏空，是投资房地产失败导致的。金额太大，是一笔无论如何也不可能补上的亏空。"

"您说什么……房地产？咱们是电机公司啊！"

"都是社长的个人兴趣嘛，而且当时的情况是，只要投钱进去就能赚钱。"

"这件事跟我有什么关系？"

"也就是说，总得有个人站出来承担责任呀！社长知道这件事在股东大会上肯定会被纠缠不休，很是头疼，于是就想……让你来担这个责任。"

南原不禁哑然。

"怎么会有这么荒唐的事！"

"我知道这很离谱，但为了公司，没办法啊。如果因为这件事导致管理层全体引咎辞职，事情就会闹大，公司就会陷入混乱。现在是关键时刻，你懂吗？什么裁员啦降成本啦，每个部门都不好过。这个时候如果出现了丑闻……整个公司都会陷入危机。"

"所以要把我……"

"不会开除你，这一点我能保证，会把你暂时调到子公司去，让你赋闲一段日子。过个一年半载，再把你放到比现在更高的位子上。"

"部长……这不可能！我为什么要为没干过的事担责？"

"因为总得有个人来担责任。"太川气定神闲地回答道。

"我如果不答应呢？"

"岗枝小姐会告你强暴妇女哦。光是审理就得耗上好几年，还得花钱。你会被当作罪犯对待。你太太、你女儿——她在上高中吧？要是在她学校传开了，你觉得会怎么样？"

终于，南原明白了事情的性质。

是太川一手策划的。岗枝靖子的事，是策划好的。

他是怎么说服岗枝靖子应承下如此肮脏无耻的差使的？

这件事，恐怕是太川本人挪用公款投资房地产亏损了，拼命挣扎想逃出生天吧？

"想好怎么做了吗？"太川说。

正确答案只有一个，就是把太川一顿暴揍，扬长而去。

那样的话，就得想好了，肯定要被开除。可是……即便答应扛下来，后续是否会按太川承诺的那样，没有任何保证。

"这件事其实对你是个好机会！"太川继续说道，"是你坐上部长位子的捷径。我认为呀，这件事对你来说绝不是一件坏事啊！"

面对轻轻松松说出这种话的太川，南原心里与其说感到愤怒，不如说产生了一丝怜悯。

一口回绝太川，然后出门离开。这很简单。

可是太川这个家伙恐怕会一意孤行，说到做到。他会找个别的什么人来顶包，然后他会故意让南原看看——"你是不是也想成为那样？"

多么肮脏的手段啊！这家伙的手段真是让电视上历史剧里的恶吏都胆战心惊吧！

南原居然还有心思去想电视剧，也许是因为这件事太脱离常识，令他感到太不现实。

"怎么样？"

太川急于得知答案，这暴露了他的弱点。

像房产推销员，为了让客户尽快签约，他们会说：

"您看这些房子都快售罄了呢……"

要是真卖得那么好，还有必要这么推销吗？

南原开始后悔，自己竟然试图迎合太川。答应用钱来摆平，就等于承认自己真的犯了事。

"请等一下！请给我一点儿时间！"

南原说。

"没时间了。嗯……顶多给你一个晚上。"

"好。我明天给您答复。"

会有办法的……冷静下来好好考虑，会有办法的。会有的，肯定会有的……

5　陷阱

"哎呀……这个人是谁？"

岩井则子站在大楼夜间进出登记窗口正要往登记簿上签名时，看到了一个从没见过的名字，不禁问道。

"啊，您是说这个姓片山的人？"保安中林笑着回话，"是跟着女演员丹羽诗织一起来的。我没好意思说不让进呀！"

"明白了。我上去看看就知道怎么回事了。"

则子摘下手套，放进大衣兜里，然后脱下大衣。

"哦，对了，另一位呢？叫福尔摩斯，是外国人吗？"

"是一只猫。"

"啊？"

"是一只三色猫，是那位片山……片山晴美携带的。"

"那……这个黑乎乎的圆形是……"

"是把那只猫的前脚掌蘸了印水按在这里的。"

则子笑出声来。好像是一个很有趣的人。

"那么，我进去了。"

则子说着朝电梯走去。

"老师！"

中林叫住她。

"嗯？什么事？"

则子回过头来问道。

"没事……今晚，您好漂亮！"

说着，涨红了脸。

如果是往常的则子，会一笑置之，今晚她却羞红了脸说：

"中林，你不要拿大人开玩笑哦！"

说完快步走了。

则子的这个反应是中林没想到的。

"诶？"他不由得自言自语道，"岩井老师好像恋爱了！"

则子乘上电梯，朝八层的心理诊所赶去。

但她的心仍在狂跳不止。

现在的则子很享受这种感觉，羞涩得像豆蔻年华的少女。

昨晚，则子很罕见地请了假，与同住一栋公寓的推销员田口约会了。

那是个离过一次婚、有个九岁女儿的男人。自己的父母如果知道了这件事，大概会很失望。

但田口是个让人不觉得腻烦的人。他见多识广，还有着使人对话题感兴趣的说话技巧。

虽说是约会，不过是两个人一起出去吃了顿饭、喝了点儿酒、聊了一会儿就回来了。因为住在一栋公寓，所以回来后则子曾犹豫不决，拿不定主意是不是该由自己主动提出"不上来坐坐吗……"

然而不必急于一时。

总而言之，两个人先像朋友那样处好关系才是最重要的。

则子打开心理诊所的门，发现跟上次一样，大冈绂子坐在接待处值班。

"老师，晚上好！"大冈绂子微笑着跟她打招呼，"您这是有了什么好事？"

则子感觉有点儿狼狈。难道这么明显？大家一眼都能看出来嘛……

"偶尔吧。那个……听说有稀客光临？"

"应该说比较特别。总觉得不一般，特别是那只猫……"

也许是听到声音，丹羽诗织从里面走出来。

"老师，我带了朋友过来。不知道能不能让她也听……"

诗织的身后站着一位年轻女子。

"我叫片山晴美！"女子打招呼，"突然造访，非常抱歉！"

"喵——"

循声看向片山晴美脚下，有一只体态非常匀称的三色猫。

"晚上好！你就是福尔摩斯吧！"

则子寒暄道。

"等治疗开始，我就出去了。我想大家谈的应该都是很私密的话题。不过这只猫可以跟大家待在一起吗？它在的话，会有一种让人心情平静下来的功效哦。"

则子对晴美说话的方式很有好感。她觉得晴美虽然年纪小，却很理解他人的痛处。

"没关系。您要在这里等吗？"则子说，"不过在人员到齐之前，我们先到房间里去吧。"

则子跟诗织一边聊着戏剧方面的话题，一边走进平时治疗用的靠里面的房间。晴美尽量注意不打扰两人的谈话，在外面房间一角的沙发上坐下来。

"晚上好！"

一个听起来稍微喘着气的女声响起。

"啊，敏江夫人！您今晚来得真早啊！"则子招呼道。

"嗯，我想早点儿讲！我想讲给大伙儿听听！"

村井敏江蹦蹦跳跳地走着，步履带着弹性。

"哎呀呀，看来有了大好事！"

"是的！我昨天跟那个人约会了！"

则子不由得面露惊讶。晴美觉得则子这一瞬间流露出来的不是她一贯的职业表情，而是真实自我的一面。

"那可要祝贺你啦！"

"您听我说，我呀，害怕极了！毕竟……尽管什么都没干，但我是有夫之妇啊！跟别的男人一起出去……被说成出轨也没办法反驳。你们说是吧？"

"这个嘛……见仁见智。"

"我老公绝不会饶了我，即便我什么都没干也不行。他绝不愿意承认别人比他强。"

敏江注意到了晴美，问道："这是新来的伙伴？"

"不是，是陪别人……陪丹羽小姐来的，还有这只猫。"

则子一边说一边轻轻地抚摸着蹲在脚边的福尔摩斯的毛。

"哇，好可爱！"

敏江蹲下身，手指轻轻地滑入福尔摩斯的毛里抚摸着。

"还是猫咪好……结婚什么的净是自讨苦吃。人哪……总是干一些自己为难自己的事啊！"

这时，大冈纮子把头伸到门口说："老师，南原先生他……"

"让他进来吧。"

"不是的……"大冈纮子犹豫不决。

"没事的，不用担心！"

推开大冈纮子走进来的是个工薪族男人。

"南原先生，您喝多了？"则子以稍带嗔怪的语气问道。

"稍微多那么一点点。但我的脑子毫无醉意，话也能说清楚！"南原说。

"出什么事了？"

"你们听我说，这可以算是高级机密。不过你们谁都别拦着我，越是不让说就越想说，这是人之常情！"

南原说着，一屁股坐在了沙发上。

"到底出什么事了？"则子催问。

今晚的南原先生跟平时不一样。

晴美站起来打算离开，南原却说："请待在这里！不碍事，我想让大家都听听，所有人！"

晴美看向岩井则子。则子微微地点头，给了肯定的答复。

晴美原本就想留下来听听，所以又坐回了沙发上。

"还是那个男人！"南原开口说道，"太川恭介，那家伙，他想陷害我！"

"你是说，他欺骗了你？"

"嗯……不过也是因为我傻，才信了他的话，但是我实在没有别的选择了。他用近乎恐吓的手段逼我就范。我这么说，你们听不明白吧！让我从头说起吧……"

南原把自己被太川约出去、被告知其部下岗枝靖子被强暴、太川胁迫他承担投资失败的责任等，从头到尾讲了一遍。

"这件事……太过分了！"村井敏江先开口，"这种事，难道你答应了？"

"实在没办法！虽然说我没干那样的事，可是我跟那位女受害者站在两条平行线上……犹豫再三，就任他摆布了。"南原解释说，"然而呢……"

那天接到太川的通知，南原拖着沉重的脚步往会议室走去。他因屈服于对方的胁迫而陷入对自己深深的嫌恶，然而确实没有别的路可走了……他这么说服自己，敲响了会议室的门。

一进门，南原呆住了。

他原以为只有太川一个人在等着，没想到从社长、董事长到各部的部长，坐了一票人等着他。

"进来！"社长武村命令他，"坐在那里！"

南原坐到大家对面的椅子上。

"我们读了你的坦白信。"武村社长说，"你背着公司去搞房地产投资，擅自使用部长的印章等，犯了渎职罪。但是如果我们公司的大名出现在媒体上，恐怕会损害公司的形象，要避免这种情况发生。我们商量的结果是：给你免职处分；不会起诉你，也不追究你给公司造成的损失。作为交换条件，关于这件事，你不许向任何人泄露一个字。如果你说出去了，我们将起诉你，并让你赔偿损失。"

他滔滔不绝的话语像一阵阵风刮到南原的耳边。

"还有，太川君身为部长，负有监管连带责任。给予严重警告，并扣除三个月工资。没意见吧！"

"是！"太川摆出一副认真的表情，"对不起！"

武村又看着南原说道：

"处罚即日生效。你已经不是我们公司的职员了。这一点，你不要弄错了。从明天开始，你不用来上班了。"

南原一直盯着太川，但太川的眼睛根本不朝他这边看。

"你有什么要说的吗？"

被武村这么一问，南原才回过神。他慢慢地站起身来说："这件事……"他欲言又止。

他想大喊大叫"这是个圈套"，他想痛骂这件事太过阴狠，甚至想朝太川脸上吐唾沫。

然而他心里明白，太川从一开始就算计好了，一步步把自己骗到了这个时候。现在，无论他怎么想澄清事实，事实却是那封写着他"本人投资房地产损失重大"的坦白信摆在面前，还签了字、盖了章，谁会相信他口中的事实？

　　如果连他和太川两个人谈的条件都被撤销，就彻底完了。

　　南原感觉不到悔恨，只觉得彻底被打败，无力回天。

　　"你有话说吗？"

　　"没……没有了。"南原回答道。

　　他回到自己的工位上，呆呆地坐了很久。

　　就这么简单……就这么简简单单地被开除了？上当了。这算什么事啊！我竟然轻信了那混蛋的说辞。我是怎么了？我要是早料到会这样……

　　"科长先生！"一名女职员叫了他一声，"有您的电话！"

　　"我已经不是科长了。"

　　"啊？"

　　"啊，不是，没事！"南原摇了摇头，问道，"谁打来的？"

　　"您家里人打来的。"

　　"我家里人？"

　　太奇怪了。他的太太洋子如果没有很紧急的事情，从来不会把电话打到公司来。

　　"喂……什么事？"

　　"老公？"洋子说了这么一句，沉默了好一阵子没再开口。

　　"怎么了？"

"老公……我跟京子，回我爸妈家了。"

听得出来，洋子的声音在发抖。

"喂，发生什么事了？"

"你心里明白吧？自己到底做了什么！"

南原说不出话来。怎么会这样？怎么会这样！

"到底发生了什么事，你告诉我！"

"今天，她来了，那个姓岗枝的女人。"洋子说，"她说，她不去告发你，但她想让你太太知道这件事……她还哭个不停。"

"洋子！她在胡说八道！她说的都是谎话！"

听到南原在电话里的通话，周围的员工都停下手中的活儿，看着他。不过南原已经顾不上这些了，反正他不再是这里的员工了。

"老公……她说公司那边会辞退你……"

"洋子，你别着急！我回去跟你把整件事都说清楚！我什么都没干！是真的！"

"我……和女儿都太可怜了！"

听起来像在哭，不过电话已经挂断了。

"洋子！"

持续传来的只有"滋——滋——"的忙音。

南原放下话筒，手颤抖个不停。

"科长，您没事吧？"

有女职员担心地问道。

"啊……"

南原感到脸上麻麻痒痒的，一大滴汗顺着太阳穴往下淌。

"您脸色煞白，是不是身体有什么……"

"你们最好不要搭理我！"南原说，"我不再是科长，什么都不是了！"

整个科室的人相顾愕然。南原机械地收拾桌子上的东西。

太川远远地关注着这边的情况。南原终于明白，这一切都是太川一个人策划的。连妻子洋子那里都找人去胡说八道了，他这是想彻底整垮我。

为什么？我做错了什么？

南原站起身，看了一圈周围的同事，说了句："承蒙大家关照！"说完快步离开自己的办公桌。他知道自己不可能再踏入这个地方了，却没有任何真实感。

当务之急是赶回家。必须把事实真相告诉太太洋子和女儿京子。是的，她们会相信我。我们共同生活了二十年。

她们冷静下来之后，一定会相信我说的话。

"可是当我回到家……"南原说着笑了，"太太和女儿都不在家了。太过分了，她宁可相信一个陌生女人的话，却不信任共同生活了二十年的丈夫。所谓夫妻也就这么回事儿！"

"您真不幸……"敏江开口道，"不过，我觉得等您太太冷静下来，肯定会明白的！"

"真是那样就好了！不过呢，我反正成了失业人员，也许她觉得正好趁此机会跟我分手。"

"南原先生，您不要破罐子破摔！"则子劝他。按照平时的习惯，她一般是不开口的，今天却忍不住插了一句。

"是啊，您应该想个切实、具体的好办法反击！"丹羽诗织也说，"这种事怎么可能忍下去！你们说呢？"

"谢谢你们……至少，这里的诸位是相信我的！"

南原眼中含泪。

"可不是嘛！您不能借酒浇愁、自暴自弃呀，明白吗？"

"嗯……我要东山再起，肯定可以的！"南原说。

这时，大家才发现另一个人不知道什么时候进来了。

"呀，相良同学！"南原挥了挥手说，"快进来呀，你都听到了？"

"嗯。"

相良一以手扶了扶眼镜走进来。

则子知道他扶眼镜这个小动作不是好兆头。

"相良同学，你这周是怎么回事？"

则子语调明快地询问道。

相良一看起来失去了自信。

"怎么回事？看起来很没精神嘛！"南原笑着跟他搭话。

"我输了！"相良一说，"这次实力测试输给室田了。我那么拼命努力，拼尽全力，连自己都感动到要夸一句'好努力呀'！我这么努力，可……"

"是这样啊！"南原点点头，"是这么回事啊，我理解你的感受！不甘心吧？下次还有机会！明白吗？打起精神！"

"我……赢不了那家伙！"

说完，相良一双手抱头，深深地垂了下去。

他不是在哭泣，也没有生闷气。相良一表现得像个被挫败感击垮的大人……

今夜太漫长。则子走出心理诊所的时候，已经疲惫不堪。

"您辛苦了！"护士大冈纮子露出微笑打招呼道，"今晚可真是够呛啊！"

"可不是嘛！南原先生和相良同学都大幅度退步了。丹羽诗织进一步退一步，成绩归零。只有村井敏江算是有进步。"

"老师您也进步了嘛！"

"我？可是，真的累坏了！"则子轻轻地揉了揉肩膀，"我还有进步的空间吗？"

"有啊，还有足够的分量呢！"

"您可别说风凉话！"则子笑着说道，"我这就回去了。"

"您辛苦了！我打理完这边就回去。"

"拜托您！"则子出了心理诊所，乘电梯下到了一楼。在电梯里终于能一个人待着的时候，她才松了一口气。

自己从事的是与人接触的工作，而且是研究如何与人接触，却成了这副模样……可是，这是两回事。人是需要独处的。

忽然想起一件事。今夜约好了到家后给田口打电话——同住一栋楼却要打电话，这种事还挺微妙的。

不过，从电话的一端到另一端，特意让声音经过弯弯绕绕的电话线传到对方耳朵里，不失为一件美妙的事。

"中林！"

则子探头看了看保安守着的窗口喊了一句。

"呦……"

则子不禁莞尔。

中林头上戴着随身听的耳机，半张着嘴巴睡着了。

"哎……咳……"

则子清了清嗓子，中林听到了，马上抬起头睁开眼，说："对不起……是老师啊……"然后摇了摇头说，"咦？怎么大家都已经回去了？"

"对啊！你看，大家都在这里签过名了。"

摊放在窗口的登记簿上，南原和村井敏江他们几个都认认真真地填写了离开时间、签了名才离开。

"糟了！我竟然睡着了！"

"没关系的。你看，那只猫咪也签了名呢！"

福尔摩斯的小脚印清晰地印在那里。

"那么，晚安啦！"则子签了字，轻轻地摆了摆手说。

"晚安，老师！啊呵……"中林说着，打了个大哈欠。

出了门，感觉到冷风直往脖子里灌。

"好冷！"

则子不由自主地出声。她把围巾高高地拉到下巴上面。

回去后，偎依在田口身边取取暖吧……则子想到这里，不由得羞红了脸。

看来还得……

不纠正不行啊！出错的人生，必须纠正过来。

决心已定，是时候采取行动了。

6　订正

"义太郎啊!"

义太郎?走在银座大街上的片山义太郎觉得应该是谁家的孩子跟自己重名了。很少见啊,在这个时代给孩子起"义太郎"这种古风名字的父母很少了吧。

在各个方向的行人都能自由通行的交叉路口,红灯亮了,片山停下了脚步。

虽然时令是冬天,今天却没风,是个令人心情愉快的下午。也许是昨天夜里刮的大风起了作用,当下连市中心的天空都一尘不染,蔚蓝清澈。

"阿义!义太郎!"这个声音听起来像是从交叉路口的对角线方向响起,传到这边来的。

好有穿透力的声音呀!片山义太郎感慨着。这个声音能穿过这么多通行车辆的嘈杂,传入了自己的耳朵呢。

不过……隐隐约约又觉得这个声音听起来有一丝熟悉。

不会的,怎么可能——如果真是那样,怎么可以在这种场合大声招呼啊!毕竟我早就不是小孩了!

然而……

"义太郎啊！"看到声音的主人，片山不禁错愕。

果然是她——果然是自己的舅妈儿岛光枝！

可是……您老人家不该隔着这么老远就大呼小叫吧！

儿岛光枝看到片山应该是发现她在这里了，一脸开心的样子，朝着他挥手。

当然，她周围的人则用看待"疑似危险人物"的眼光看着她，而且稍稍挪开一些距离。

片山不禁后背冒汗——太丢脸了！

心里祈祷着信号灯快快变绿呀！可越是这个时候就越感觉红灯时间好长！终于变灯了，四面八方的行人一窝蜂"哗——"地拥进了交叉路口。片山甚至想要不要趁乱逃走——他应该很想逃走，不过又想到如果那样做，儿岛光枝肯定会在满大街交叉行进的人群里大声喊"义太郎啊"，像《禁忌的游戏》中的少女那般奋不顾身(她本人也这么认为)地四处搜寻！想到这里，片山放弃了逃走的念头。

"哎呀！阿义啊！见到你可太好了！"

奋力拨开波涛般汹涌的人群，儿岛光枝终于"游"到了片山跟前，紧紧地攮着他的胳膊。

"能在这个地方偶遇,只能说是命中注定!"

这个人无论什么事都喜欢夸大其词。片山已经有了心理准备,接下来得有一阵子不得不陪着这位舅妈。

"您身体还好吗?"

明知不用问但还是开口问道。虽然他原本想带点儿讽刺口吻,可惜对方根本没有往那方面怀疑的心思。

"你担心我的身体呀!真贴心!我呀,身体好着呢!"光枝乐呵呵地回答,"不过咱们站在这个地方聊天不太好吧?"

这倒也是。他们站的地方在红绿灯路口的正中心。信号灯已经开始闪烁,过往的人群加快了脚步。

"舅妈啊!咱们先决定往哪个方向走,好吗?"

"噢,是的!往哪边走好呢?"

她好像往哪边走都无所谓的样子。于是片山权且做主,选了自己原本要去的方向,带着光枝快步离开了。

等他们走到人行道上时,车辆都已经发动了。

"要不,我们去哪儿喝杯茶?"片山提议道。

"是啊。可是……"

"如果您忙,咱们就下次再约。"

"不,我一点儿都不忙!"光枝回答说,"只不过,如果说喝杯茶,我想吃一块那家店里的蛋糕。"

　　光枝指着的地方，就是片山刚才站着的地方——您为什么要等走到这边之后才说呢！

　　"那好，我们去那家吧。"

　　片山点了点头，彻底投降。

　　足以装下一份大号牛排的盘子里盛着一块尺寸仅仅有普通蛋糕一半大的可爱小蛋糕。

　　售价一千日元——换作石津肯定得发狂！片山心想。

　　"又小巧，又不甜，吃了也不发胖哦！"

　　光枝麻利地把小蛋糕进一步切成了四小块、五小块，慢慢享用。被如此认真对待，蛋糕会觉得很值得吧。

　　"然后，舅妈啊……"早就吃完蛋糕的片山开口问道，"您找我有什么事吗？"

　　"哎呀！不是有什么事，我只是……偶然看见了你，一高兴，就拼命朝你挥手了。"

　　"啊……"

　　片山无语了。当然，即使特意寻找，也未必能在那样的地方遇见。但既然没事，您大声喊什么呀！

　　"不过，既然难得遇见你了……"

　　光枝说着，打开了随身携带的包，取出一本厚厚的手册。

"我目前只收集了这么多。你看看，有没有合眼缘的女孩？"光枝用餐巾纸把片山面前的餐桌擦拭了一下，摆出七八张照片给他看，"怎么样？这些女孩都是出身可靠的。"

看起来像古时候谈某种生意的。

"舅妈，就我本人来讲，毫无此意呀！"

"哎呀，这种事情就是得靠缘分！你看今天我跟你的偶遇，可能就是上天注定的！"

"那我跟舅妈您是在相亲，是这意思吗？"

"不许嘲笑我！我偏爱小偶像。"

这是什么意思？片山疑惑不解。

"要不，你闭着眼睛抽一张？"

"我又不想算命！"

片山没办法，只好拿起来一张一张地翻看——如果总是随身携带这么多(事实上，她平时带的更多)照片到处走，真是太厉害了。这也从侧面证明，光枝获得了很多人的信任。

"这个女孩年纪好小啊！"

片山的目光停驻在其中一张照片上。

"看中了？眼光好高嘛！"

"不，没有……"

"你稍等一下！"

光枝取回那张照片，忽地起身离开了。

怎么回事？片山呆在原地。不会是把真人都落实好了，排着队等着相亲吧？又不是参加选秀节目。况且片山仅仅是因为那个女孩看起来年纪很小才拿起来仔细看的。

就在片山百无聊赖喝咖啡时，光枝又回来了。可能是走得太急，她的气息有点儿紊乱。

"俗话说，好事要赶早。我已经飞快为你安排了好事！"

"什么好事？"

"和这个女孩见面呗！"

"舅妈！"

"你不要让我没面子呀！我说阿义，我这个人呢，最看重的就是跟人打交道。你要是把这次的相亲搅黄了，就要想到你是在折损我五年的寿命！"

这是在胁迫——他本想说，即使折损五年，你也能活到九十岁吧……不过话到嘴边忍住了。

"好吧。这张照片是什么时候拍的？看起来年纪非常小。"

"本来就小，才十八岁。"

"十……"

"背面不是写着嘛，大冈聪子，十八岁，高三。"

片山双手抱头发愁了。

"阿义，你没必要想这么多嘛，只需要轻轻松松见个面就行了。很有可能人家那边会回绝你呢。"

光枝这个人，还真是心直口快。

大冈聪子……姓大冈？

片山隐约记得最近好像在什么地方听过大冈这个姓。

大功告成。

儿岛光枝每促成一次相亲，总感觉是自己"大功告成"。

事实上，什么都还没成。这是肯定的。

即便双方见了面，也未必能发展到订婚、结婚的阶段。不过这些都属于儿岛光枝"受理范围以外"的事了。光枝的使命仅仅是：把男方和女方凑在一起。特别是对于片山义太郎，光枝觉得自己肩负着比平时多一倍的使命感。

成功地让义太郎答应去相亲，这件事可不简单。正在地铁站下台阶的光枝此时得意洋洋，也在情理之中。老实讲，她现在的心情，应该是想飘起来吧。

地铁站检票口附近可能是被当作集合等候区了，这会儿正有七八个年轻人围在一起，难以顺利通过。

"啊，快让这位阿姨过去！"其中一个意识到有人要通过。

"啊，抱歉啊！"另一个说着，让开了通道。

年轻人并非都不懂事。有人提醒，就会马上改正呢。不过，没人提醒的话，就不改正吧。

走太快了会摔倒。这阵子，光枝深切地感觉自己真的上了年纪。心急是大忌。

因此她外出的时候都尽量避开上下班高峰时段。这会儿虽说是黄昏，但时间还早，是电车内最空的时段。光枝慢悠悠地下着台阶，朝站台走去。

唉，说实话，光枝心里明白，义太郎会觉得她是多管闲事瞎操心。但是光枝有自己的恋爱哲学，她觉得契机不重要，重要的是男人和女人出现在同一个地方。

站台的一边有辆电车正准备出发，但这辆不是光枝要乘坐的。铃声响了，站台上并没有着急上车的乘客。

突然，从台阶上传来"哒哒哒"往下跑的脚步声，有人撞了光枝一下。怎么回事！都快把人撞飞了却没说一句道歉！大感光火的光枝瞪着那个撞人男子的背影。是个身穿西服、体态微胖的男人，他好像根本没打算在意光枝的反应，旁若无人地跑下站台，正打算上车……抬头看到站台上方某某方向的显示牌，忽然停下了脚步。这时，发车的汽笛声响起，电车的门缓缓地关上了。

没耽误什么。他好像不打算赶乘开往那个方向的电车。

虽然没有什么人在看他，这个男人还是环顾站台，故意很大声地说："弄错了呀……我对这一站真不太了解啊。"

光枝这会儿顾不上生气了，她开始感到奇怪——这个男人穿着体面的西服，乍看像是精英人士，可实际上呢，是个糊涂虫。他本人好像也知道自己犯傻，拼命装出淡定的样子，好像很想让人明白：出了这种错误，对我来说，是很少发生的。

光枝走到站台上的时候，他好像很在意地瞥了一眼，微微地点了点头。真是个小心眼儿的男人——光枝反倒有点儿喜欢上他了。

看到光枝冲着他微笑，那男人也有点儿不好意思地露出笑容，好像放下心来，问道："您没事吧？"

"嗯。"

"对不起！我错以为这班电车是……"

"没关系的。"

这时候，光枝要乘坐的电车驶来了。只听轰隆轰隆的声音在地铁隧道里轰鸣，播报声在站台上响起。

慢慢地，可以看到车灯的光亮。与此同时，一群人从台阶上热热闹闹地走下来。正是刚才那些等候会合的年轻人。

"啊，电车来啦！"

"我们来的正是时候！"

男男女女十来个人，"呼啦"一下子，从光枝和那个男人的身边穿了过去。

这时候，电车到站了。

那个男人对光枝说："刚才真的是……失礼了！我有时候觉得，错过一班电车会是很大的损失……"

说到这里，声音中断了……男人的身体向前歪斜着。

怎么了？光枝看到男人无声地向前移动，脚步停不下来，直接倒在电车轨道上，好像影子消失了，突然掉在了电车前面。尖利的刹车声响起。同时，一个异常的声音在站台上响起。那到底是什么声音？光枝直到最后一刻也没想通这个问题……

7　关联

"儿岛家的舅妈？"

可以想象，晴美在电话的另一头肯定在跳脚。

"可不得了！那……要去守夜吗？葬礼呢？"

"你冷静一下！"片山说道，"舅妈当时只是在那个人附近。她没死。"

"吓死我了！"晴美舒了口气，"咱家舅妈不可能死！"

这么说来，这件事也真是奇怪……

片山碍于周围的嘈杂，不由得提高了嗓门说："不过呢，舅妈她受到惊吓，不休息一阵子的话，好像走不了路。有劳你跟她家里人联系一下，就说她没事。一定要这么说哦！"

"我明白！"晴美颇感意外，"我什么时候不靠谱了？"

片山挂了电话，走回车站的检票口。

"就在刚才，因为出了人身事故，电车已经停运了！"

车站工作人员扯着嗓子喊道。

片山从车站入口边上穿过去，过了检票口，下到站台那边。他原本是不愿意来的……

"啊，片山先生！"

石津擦着汗喊道。

"怎么样？"

片山问道，朝停在那边的电车方向瞥了一眼。

"太惨了！车轮把脖子轧断了……断定是当场死亡，肯定不会有错。"

"有能识别身份的物件吗？"

"兜里的东西几乎都散落在附近，归置在长椅上了。"

片山看到一块展开的布上摆放着卡片夹、车票夹之类的东西，就走了过去。

"看起来像是这位……"

车票夹里有几张名片。

"叫太川恭介……K电机公司的部长。哟，是大人物呢。"

"啊……"

"有没有什么导致他卧轨自杀的理由？所谓的精英人士，其实很辛苦呢。"这句话从一生与精英人士无缘的石津嘴里说出来总觉得有点儿不对劲。

"姓太川……K电机公司的部长……"

"片山先生，是您的熟人吗？是不是上次在KTV机器出故障的时候来负责修理的人？"

"修一台电视机用得着部长出马？"片山环顾站台，"得赶快挪动，否则很快就到上下班晚高峰时段了。"

一个打扮得看起来像外出郊游的年轻人朝片山走过来。

"您是警察吗？"

"是啊……"

片山点点头。

"我们现在必须从这里出发。被困在这里会很为难的。"

"是嘛，可是有人死了呀。"

"这我们知道，但又不是我们造成的。"

年轻人像是有点儿不服气。

"这个嘛，一般发生这种事的时候，得有目击者留下来作证呀。你们有没有看见他跳下去？"

"那件事发生在我们都走过去之后啊！"

"是嘛……不过还是需要跟你们每个人都谈谈。"

"喂，怎么回事？"

一个女孩走过来。

"说是……要跟我们谈谈。"

"谈什么？谈联游吗？"

"联游？"

"联合郊游活动啊。警官，您都不玩儿吗？"

"啊，不怎么玩儿。我很忙。"片山敷衍了一句，"总而言之，我们需要寻找目击事件发生的人。"。

"这么回事啊！早说呀！我……我都看到了！"

女孩看起来像个女大学生，但她对一个人失去了生命这件事好像缺乏真实感。

"看到了？可是当时你们不是都走过去了吗？"

"嗯，不过呢，我走在最后面。当时我的背包好像要滑落，我想重新整理一下，就回了头。"

"那么，你看到了？你看到那个男人从站台上掉下去了？"

"嗯。啊，感觉像是掉下去的。不过我当时即便想阻拦也来不及，这不算犯罪吧？"女孩稍显担心地问道。

"那倒不会。你能把当时的情形详细点儿说来听听吗？"片山说，"你看到那个男人是自己跳下去的？"

女孩子眨眨眼睛说："怎么会！我什么时候说过这种话？"

"啊，不是，我不是这个意思……"

"那么做应该很疼吧！"女孩子皱起了眉头，"而且我看他不像会自杀的那类人。我是很相信命运的，手相啦，面相啦，我都会看。警官，要不要我给您看看？不收钱哦！"

"不，不用了！这么说来，他怎么会掉落在电车前头呢？"

"当然是被人推下去的！"

女孩直接说出这样的话，片山大吃一惊。

"也就是说……有人从背后推了那个男人一下，对吗？"

"嗯！"

"那么……是什么人从背后推的，你看到了吗？"

"看到了呀！看得清楚着呢。我当然看到了！"

"那……是个什么样的男人？"

"不是男人。是个女人，是个大婶。"

"大婶？"

"好像他们还聊了一会儿。然后，那个大婶忽然推了那个男人的后背。"

片山说不出话了。

女孩嘴里的"大婶"……就是他的舅妈儿岛光枝！

"舅妈杀了人？"晴美稍稍吃了一惊，随后却笑出声，"别开玩笑了！"

"我知道，我也根本不相信。"

片山一回到家里就"咕咚"一声躺倒在榻榻米上。

"那么，你是把舅妈安置到拘留所后回来的？"

"不是，我让她回去了。我们这位舅妈，科长也觉得根本不可能有逃跑的嫌疑。"

"可是……到底是怎么回事啊？"

"别问了，赶紧给我弄点儿吃的！"片山吩咐道。

"好的！"晴美答应着，站在了厨房里，接着说："肯定是那个女孩看错了！"

"嗯……我也这么认为。可是当时站台上很空，舅妈也说了，当时没有别的乘客站在附近。"

"如果是舅妈干的，她肯定会说当时他身边还有别人……"

"应该是这样……可毕竟是目击证人的证言，不能不当回事。"片山坐起身来，叹了口气，忽然想起来，"对了……有个叫太川恭介的，是不是你之前跟我提过的那个部长？"

晴美回过头来。

"对，他怎么了？"

"死掉的那个男人就是他。"

于是晚餐的准备工作又被推迟了三十分钟……

连靴子里的脚趾甲都感到了寒意。

南原头一次发现原来自己是个很能吃苦忍耐的人。

公寓正好建在刮北风时大受影响的地段。虽然不算老旧，但看起来并不结实。到这里来需要先从市中心花一小时乘电车，再花二十分钟坐公共汽车。

即便是这样的地段，几乎所有的窗户也都亮着灯。唯一没开灯的，是冈枝靖子的房间。

南原无论如何都要跟冈枝靖子谈一谈。事到如今，他不再想着回公司上班了。但究竟为什么会变成这样，他无论如何都想弄清楚。

冈枝靖子的住址是他翻找了两三年前的贺年卡才终于找到的。光是按照地址找到这里来就花费了好几个钟头，等他终于找到的时候，天已经黑了。冈枝靖子不在家。但对于现在的南原来说，最不缺的就是时间。

时间不是问题，却有个没法解决的大问题，就是太冷了。南原打算等下去，一直等到冈枝靖子回家，哪怕等到明天早上，他也打算坚持。

幸运的是，他不必等到明天早上。虽说感觉等了很久，但如果冈枝靖子是跟男人一起出去的，她回来的时间还真不算很晚。车子在公寓前停了下来。他看到冈枝靖子的侧脸一晃而过。开车的是个男人，看不清脸。

冈枝靖子从车上下来，向男人轻轻地点了点头——看起来不像是恋人关系……南原心想。车开走了，给人以毫无情愫、径直离开的印象。冈枝靖子在冷风中缩了缩脖子，急急忙忙朝公寓走去。南原赶紧跑过去，为了能紧紧跟上她。

靖子。

南原自以为对这位共事了十几年的老同事岗枝靖子的情况了如指掌。靖子——南原能如此直呼其名的下属仅此一人。

当年，太川横插一脚取代自己坐到部长位子上的时候，她是真心实意地为自己鸣不平的。

真心实意……难道当年也是在演戏？如今的南原对此已经无法确定了。他也进入了公寓楼。听着爬楼梯的脚步声，是靖子。他放轻脚步，悄无声息地爬上楼梯。楼道里的灯很亮，而且无论多么小心，脚步还是会发出一些声音。他原以为靖子肯定会察觉到背后有人，会回头看看，但她好像陷入了某种沉思，什么都没有察觉到的样子。

靖子在大门口停下脚步，从包里掏出钥匙。

南原这个时候就站在离她两三步远处。

我该怎么办？如果靖子回头看到我，我该跟她说什么？

南原这才意识到，虽然自己辛辛苦苦找到了这里，可心里根本没想好要说什么。但是靖子的手已经放在了门把手上，眼看就要推开门了。如果她进到屋里，就没机会了！

情急之下，南原行动了。已经打开门、半个身子进入屋里的岗枝靖子好像察觉到了不对劲，忽然回过头。

南原没有说话，把岗枝靖子推进屋里，顺手从身后关上房门。靖子趔趔着歪坐在门口，抬头望着南原。

把门上了锁，南原站立着，居高临下地看着岗枝靖子。

两个人都没开口说话。也许，南原想说的话，岗枝靖子根本不必问，她心知肚明。南原于是什么都不说了。

南原攥着靖子的胳膊，抬脚走进房间后把她拖了起来。鞋子胡乱地脱在门口，靖子穿着大衣倒在榻榻米地板上。

"说点儿什么吧，"沉默很久，南原开口了，"大喊大叫也好，喊人来救命也行，做什么都行。"

靖子微微抬起身子，仰视南原。她的头发乱蓬蓬地散在脸上，头发下露出了南原从没看到过的另一副面孔。

南原想起来自己失去的一切。就是这个女人把自己的妻子和女儿都赶走了——想到这些，南原无法控制自己。

你说我强暴了你？好，我现在就把谎言变成事实！

南原撕扯般地猛然脱下自己的外套，扔到岗枝靖子脸上。然后探身到她身体上方，粗暴地分开她的双腿……

然后……然后？

南原感觉到冰凉的空气和灼热的气息。

两种相反的印象混杂在一起，真奇妙。南原一时很怀疑自己到底是否清醒。

这种事还是头一回啊！这种事……

灯泡发出的光太过明亮，他感到刺眼。

"您冷吧？"靖子说着，整理了一下自己胸前的衣襟，"我去生炉子。"

坐在冰凉的榻榻米上，左手撑地。南原保持这个姿势，半晌没动。靖子点着炉子，不一会儿，微弱的暖气拂面而来。

靖子用看似机械、无意识的动作拢了拢乱蓬蓬的头发，跪坐在榻榻米上。然后又像是忽然意识到了什么，站起身走到壁橱那里，从里面取出两张座垫。

"给您！"

她把一张座垫给南原，自己坐在另一张上面。

她的膝盖在榻榻米上蹭破了，还出了一点儿血。南原心里"咯噔"一下，好像忽然间才意识到自己到底干了什么！

"你不打110吗？"南原问道，"我现在真是强暴犯了。"

靖子垂下眼睛。

"都是应该的。您即便杀了我，也是应该的。"

"靖子……到底是怎么回事？你为什么要说那样的话？告诉我！我……已经不生气了，因为我已经……干下了这么可耻的事。"

靖子稍稍松了口气。

"我父亲欠了很多钱……最后实在无法收场，催债的电话打到我们公司来了，我实在是不知该怎么办……这件事被太川部长知道了，他说'我想办法让你从公司借到钱'……"

"从公司？他怎么不说自己替你出钱呢？真是个铁公鸡。"

他这么一说，靖子也笑了。

"我当时也是这么想的。可当时确实没有其他门路了。后来我经常受邀跟着太川部长出去吃饭，有时他出去喝酒也带上我……"

"跟太川出去……太可惜了。"

"他对你做了那样的事，我觉得太过分了。他跟我提起时，我是断然拒绝的。然而当他拿借钱的事来说的时候……太恐怖了，那些催债人的手段，我以为自己几乎会被他们弄死。我父母同样遭受他们的威逼，他们只能找我哭诉、求助……最后不得已，只好答应他。我实在无话可说。您怎么责罚我都可以……"

"不，算了。"南原摇了摇头说，"听了这些话，我倒安心了。知道事出有因，就足够了。太川的目的，是把他投资房地产失败的责任嫁祸给我。即便你不答应，最后他还是会找其他人编出这些话。只不过……"

"是的，向您太太撒谎这件事，实在万分抱歉……"

"你怎么学会了那么好的演技？"

"演技……不，不是演技。"

"可是……"

"我是真哭了。一是觉得太愧疚了，一是……我当时想着，如果我真的被你抱过呢……在谎言中说出自己的愿望很丢脸，对吧？不过，就在今晚，我的愿望实现了。"

太出乎意料了。

"靖子……你是……说真心话？"

"嗯。"靖子微笑着回答道。

南原感到心痛。

"很抱歉……"他低下头，"我已经……不再谴责太川的行为。我对你做了很过分的事。"

"请您……不要再说了。我会到您太太那里去，把事情的真相告诉她。"

"可是，你这么做的话，太川不会答应吧？"

"您还不知道吗？"

"不知道什么？"

"太川部长死了。"

南原怀疑自己听错了，这时他才发现……

岗枝靖子穿了一身黑色套装。

"休息！"

黑岛清朗的声音传遍了整个大厅。

剧团的人员都松了口气，熙熙攘攘地走下舞台。

"惠利，你昨晚有没有做发声练习？"

听黑岛这样问，野上惠利停下脚步回答道：

"练了，不过只练了十五分钟左右。"

"不是让你练习三十分钟吗？"

"对不起！"

晴美对他们的谈话感到吃惊。毕竟这些事，外行人听起来根本不明所以。

"没轮到福尔摩斯出场，看起来百无聊赖啊……"

丹羽诗织笑着说道。

福尔摩斯是很少见的"演员"，在剧团的工作人员当中很受欢迎。福尔摩斯好像对此没有表现出不受用。

"喵——"福尔摩斯悠然自得地走在晴美前头。

"肚子好饿啊！"惠利大大地伸个懒腰说道。

这里有临时食堂，是打通了几个化妆间布置的。

当然，此时不可能浑身汗津津地去吃正餐，只是随便吃点儿零食。大家各行其是。有人在读剧本，有人在翻阅周刊杂志。当然，即便在这里，大家也没有放下彼此作为竞争对手的意识，但谁都不会公然流露出来。

"惠利呀，你最近的肢体动作越来越好了，就是要那个感觉！"丹羽诗织说道。

"谢谢您！"惠利咽下一口冰镇乌龙茶道谢。

晴美把惠利遭绑架未遂的事件告诉了哥哥义太郎，但片山义太郎因手上的案子正忙得焦头烂额而顾不上，何况身为受害者的惠利并没有打算去报案。

"真少见，你竟然在看报纸！"

"偶尔会看看的，否则就会跟不上这个世界的脚步呀！"

几个年轻人在一边闲聊着。他们中的一个从房间一角拿来了一沓订在一起的报纸，摊在饭桌上读着。

"说的是啊。不久前有人问我，你知道美国总统是谁吗？我竟回答是林肯，好丢人哦。"

"你这……也太过分了吧？"大家哄笑。

"喂，惠利！"经纪人有田探头喊，"拍海报的事情得跟你商量一下。你休息一会儿就过来吧。"

"好，这就来！"惠利站起来离开了。

留下丹羽诗织一个人，一边喝着纸杯装的奶茶一边一页页翻看着剧本，剧本已经卷起相当厚的部分了。

晴美留意到周围的员工都在暗中观察诗织的反应，诗织本人也知道大家都在注意自己。不过今天的诗织看起来相当沉稳，对野上惠利也是坦坦荡荡地直视，似乎没有暗藏任何嫉妒。

难道她跟黑岛已经谈妥了？至少，因怀疑惠利和黑岛的关系而跟踪至咖啡店时那股激烈的情绪已经被控制住了。

不知不觉，大家已忘了诗织的事，沉浸在各自的闲聊里。也许是女孩居多的缘故，大家看起来都很年轻。

是的，年轻……说起年轻，那个作证指认儿岛舅妈把太川恭介推下地铁站台的女孩好像也很年轻。然而在片山询问她之前，她竟然什么都没说，这就很奇怪了。不管她是个多么心大的人，如果舅妈真是杀人犯，她应该早就说出来了吧？

当然，也有可能是另一种情况——不想掺和麻烦事。

这应该是时下大多数年轻人的想法。虽然晴美还年轻，但她跟着哥哥见识过各种各样的案件，不知不觉地明白了一个很简单的道理：人总有一天不再年轻。

刚才在看报纸的女孩不知什么时候加入了大家的闲聊。

丹羽诗织突然伸出手，把报纸往自己身边拽了拽。

然后她轻轻地翻页，浏览报纸版面。

晴美注意到福尔摩斯不知什么时候跳到了桌子上——在桌子上面干什么呢？

福尔摩斯静悄悄地（它走路原本就没有声音）挪到诗织的身边。诗织正把胳膊肘支在桌子上聚精会神地看报纸，福尔摩斯隔着她的肩膀朝报纸看着。

在看什么呢？

诗织的目光停驻在报纸的某个点——脸上一副难以置信的表情，她不由自主地把报纸举起来，把脸凑近了看。

是那件事吧，肯定是报道了太川恭介之死。

诗织好像忽然醒过神来，合上了报纸。

她竟然没注意到福尔摩斯就在自己身边，稍显慌张地站起身，走出了食堂。

晴美与福尔摩斯很快地交换了一下眼神，也马上站起身来，追着诗织走了出去。

"江田美加？那是……谁啊？"片山问道。

"具体的，我也不知道，是个女孩哦。"邻桌的年轻警察说，"她说'一定要见到片山警官'而特意来访。我告诉她您外出了，她却说'那样的话，我等他'。"

"那……说在哪儿等了吗？"

片山长舒了一口气，坐到自己的椅子上。虽然外面很冷，但是警视厅建筑内部因为开了暖气，倒还有一点儿嫌热。从外面刚回到屋子里，身上还会冒一会儿汗呢。

好不容易回来了，还得去楼下的咖啡店找人，如果对方已经离开就白跑一趟了。

片山拿过桌子上的电话机，让交换台接到"K"号码。

"我是搜查一科的片山，请问你们那里有没有一个叫江田美加的女孩子？"

过了一会儿，对方回话说："弄清楚了，就在刚才大约五分钟前离开了，指名让给片山先生传个话。"

"什么话？"

"让您给她打电话。说是夜里一点钟以后会在房间里。"

片山让对方把电话号码念了一遍，用笔把号码记录了下来："好了，谢谢。是个什么样的女孩？"

"身穿校服，像是放学后要回家去。应该是个高中生。"

高中生？片山毫无头绪。

一边疑惑着把笔记纸放进兜里，一边着手处理令他头疼的问题——儿岛光枝事件。

片山为了查太川恭介的案子而去了K电机公司，但是去了公司之后应该"找谁谈"，对方迟迟不给答复，令他很困扰。最后对方只给了句回话："现在能跟您谈的人都不在公司。"

片山只好说了句"下次再来"，返回了单位。

要说太川恭介和儿岛光枝之间有关联，无论如何都不可思议，何况光枝本人一直说"根本不认识"。

这么说来，只能推测是那个女孩看错了。要说人的记忆力有多么不靠谱，片山是最有发言权的。

片山翻着用文字处理机打印成文件的那个女孩的证言，打算从头到尾再读一遍。女孩叫什么名字来着？

当时片山心里记挂着舅妈，就把向那个女孩问话的任务交给了石津。读到最后一页，看到了那个女孩的署名：江田美加……江田美加？

"我出去一下！"

片山匆匆忙忙出去了——刚才电话里说女孩五分钟前刚刚离开，说不定这会儿还在附近没走远。

半道上差点儿跟栗原科长撞了个满怀。

"哦哟！"

"片山，干什么呢！这么急急慌慌的！"

"对不起！我在追一个女孩！"

看着边说边朝门口跑去的片山，栗原科长呆愣了一会儿……"连片山也学会跟在女孩屁股后面跑了吗！"

科长的自言自语听起来很是感慨。

且说片山这边。

就在搜查一科的门口，他伸出手来刚要开门的时候……门突然从外面被打开了。

因为门是朝走廊方向开的，片山伸出的手推了个空，身体也跟着往前方扑了出去。

"啊……"

简直还没来得及惊呼……开门的是个女孩，比片山矮很多，片山身体前倾刹不住车，正好来了个脸贴脸。

在这个世界上，有些事情发生的概率即便只有千分之一或者万分之一，也不会是零，比如偶然跟女孩子嘴贴嘴撞到一起、伸出的手没抓到门把手却抓到了女孩的胸……诸如此类的事情。两个人一起跌倒在走廊的地面上，全程的姿势保持着——片山压在女孩的身上。

"啪——"

女孩子的手掴到了片山的脸上，发出了清脆悦耳的响声。这是当时碰巧在场的警察事后给出的一致陈述。

"喂……啊，我是丹羽诗织……是的，我刚从报纸上看到，太吃惊了！是啊……当然，我不会告诉任何人。没问题的……就是说啊。可是，我是说……你那边没事吧……这我知道，可是万一呢……是吗？你还是要多加小心啊！对方可是个杀人犯呢……嗯，好！那我挂电话了。一会儿又要开始排练了……周五见！"

诗织挂断了电话。

趁着她的电话卡"噼——"地从读卡口退出来的工夫，晴美倏然离开，急急忙忙地朝舞台那边走去。要想在第一时间隐身，朝那边去是距离最近的。

福尔摩斯当然也跟过来了。

"刚才那通电话，你觉得是怎么回事呢？"晴美说，"如果说她是在报纸上看到了太川被杀的新闻报道才打电话，那么接电话的人应该是心理治疗小组成员中的某个人，对吧？因为她挂电话的时候说'周五见'。因为太川被杀而提醒对方'要多加小心'，那么这个人估计应该是南原……"

可是，对南原来说，他希望杀死太川恭介吧？那样的话，提醒他"多加小心"又是怎么回事？

"福尔摩斯，你怎么想？"

面对晴美的提问，福尔摩斯只管闭着眼睛不理睬。

"简直就像用红色水笔在脸上画了一个手掌印！"

片山用浸湿的毛巾敷在脸上说道。

"对不起……"江田美加向上翻着眼睛，看着片山说道，"我……会被逮捕吗？"

片山一阵苦笑，说："怎么会……啊！好疼……"

两个人坐在一间小小的接待室里。

"因为太突然了……"江田美加找借口辩解。

"可是，真让人吃惊啊！"片山说，"你是高中生？"

"高中一年级，我才十六岁！"这位穿校服的女孩说，"不过谁都看我像大学生。"

"应该会那样吧……"

胸大，加上身材丰满，要不是穿着校服，确实任谁都会认为她是大学生。

特别是胸大这一点，片山的右手好像留下了记忆……

片山清了清嗓子说："那么……你找我有什么事？"

"那天我谎称自己是大学生，加入了那个活动团体。这算不上什么事，问题是……如果我参与大学生或社会上联谊的事被学校知道了……"

"这样啊。你以为警察局会跟学校联系，是吗？"

"会联系吗？"

"非必要是不会跟学校联系的。"片山摇了摇头说道，"如果你把真实的情况讲给我们听，我们会替你保密哦！"

江田美加胆怯地望着片山，说："对不起！"

说完低下了头。

"你说谎了吧？"

"是的。"

"为什么？"

"当时无论如何都想早点儿出发，想赶紧谈完了就可以离开。"江田美加直率地坦白道。

"可是你知道吗，那位大婶很可能会被关进拘留所呀！"

"我就是意识到了这个问题才过来坦白的。"然后她像是祈祷般双手合十，"十分抱歉！请您原谅！"

"你一向都是这样吗？"

"我好好上课了哦！"江田美加说，"你会放过我吗？"

"没办法！"片山叹着气说道，"说起来，你作伪证，加上这一记耳光，足以给你定罪了！"

"可是，你也亲了我！你还摸了我的胸！"

"这都不是我故意的！"片山说着，心里来了气。

"那……你要不要故意做一下试试？"

片山气得直瞪眼。

"唉，算了！总之，你把你确定看到的事情好好说说。"

"我……不过，我看到了！是不是确定，我说不好。我当时并没有特意回头看，只想着我身后是不是真的没有别人……就看了一下。就在那个时候，那个男人掉下去了。"

"你等等！也就是说，你并没有看到那个男人被推下去的一瞬间，对吧？"

"那个瞬间没看到。"美加点了点头，"不过，呼地一下就离开那个地方了！很奇怪吧？电车急刹车，发出可怕的声响，任谁都会回头看一眼吧？那个人根本就没回头，直接跳上台阶跑了。"

"谁跑了？"

"没看到脸。即便看到侧脸也只是一瞬间的……不过，已经想不起来是怎样一张脸了。"

"也就是说，有个人——那个大婶之外另有个人从事故现场离开了，对吧？是个什么样的男人？"

"不是男人，是个女人！应该是个挺年轻的女人。"

江田美加说。

南原看到自家大门口停着一辆大型进口车时没怎么留意。

他已经累得双腿像木棍般僵硬，只想赶紧一头倒在床上——没想到找工作是这么凄惨的一件事。回想自己正常工作时的情形，感觉现在的自己简直和浦岛太郎①一样。

没有退职金，积蓄也没留下多少。估计不可能慢慢挑选工作了。南原一边从兜里拿出钥匙一边思考着这些事情。

忽然听到有人喊："南原！"

南原回头一看，那辆进口车不知什么时候开到了自己跟前，从车窗里探出社长武村的脸。

"社长？您怎么在这里？"

想到不必称其为"社长"的时候已经晚了，他已经习惯性地喊出了这个词。

"我在这里等你。快，上车吧！"

"可是……"

"拜托了，南原，是请求你！上车吧！"

南原太吃惊了。武村说一不二，是典型的独裁型男人。他说出去的话是绝不会改变的，包括让太川当部长、投资房地产失败受损……诸如此类的事，但凡武村发了话，没有谁

---

① 出自日本古代神话传说。渔夫浦岛太郎救了一只老龟，获得报答，被带往龙宫，享受荣华富贵。三年后，浦岛太郎回到家乡，发现家乡发生了很大变化，认识的人都没有了，因为龙宫里度过三年，人世间已经过去了三百年。——译者注

能反对。公司里的风气一直如此。这样的武村社长竟然低下头说"请求你",实在令南原难以置信。

无暇多想,南原没办法,只好与社长并排坐在了进口车的后座。"随便开。"武村向司机下了指令,朝南原问道,"你还好吗?"

"还过得去。太川先生的事,真是没想到啊!"

自从跟岗枝靖子接触,南原觉得自己对太川的憎恨之意减弱了很多。究其原因,不仅仅是由于太川已经死了,还因为听了靖子的事,渐渐觉得太川这个人很可悲。

"南原,对不起!"武村社长突然低头谢罪,"我向你道歉,请原谅!"

南原惊呆了,说不出话来。

"我知道你还在恨我,可我也是被太川蒙骗的。我为自己的糊涂深感羞惭!"

南原还是不明所以。武村继续说道:

"我对你有个请求,希望你能回公司来!当然是继太川之后担任部长职位。这个位置原本就应该是你的。"武村忽然紧紧地抓住南原的肩膀,"我想好了,要发给你特级升职金和一次性补贴。当然,作为赎罪,这些都是理所当然的。请你一定要接受啊!"

南原终于意识到正在发生的事情是真实发生的。

十五分钟后，南原从武村的车上下来。车子把他送回到了家门口。他回到家，在起居室里坐下，发呆很久。

虽然还没有给出答复，但自己最终应该会接受武村社长的请求吧。考虑到即便找到新的工作，工资也会大幅下降，况且武村说已经知道错了，为了改错才来求我，应该不用顾虑什么吧。

是的，这一切原本都是我应该得到的东西。

可是——他在内心深处看得很通透。

武村做这些事根本就不是因为后悔。太川死了，他预料到警察可能会来公司调查内部情况，只想不管怎么样先把南原拉到自己这一边。

太川他……太可怜了。

武村肯定是吃准了"死人不会开口"，打算把所有的罪名都推在太川头上，再把南原牢牢控制住，他就高枕无忧了。

我其实可以拒绝社长的提案。如果真那样做了，该多么解气啊！可是那样做会有什么改变吗？既不可能让武村这个人洗心革面，自己也未必能再找到一份新工作。即便费尽周折找到了新工作，新的职场里也会有武村那样的社长，还会有太川那样的部长吧？

这么思考下来，最终的结论是，顺从武村的提议才划算。

这时候，电话铃响了。南原拿起话筒："喂……哪位？"

对方一阵沉默。

"喂……"

"老公……"

南原像被电击，喊道："是洋子吗？！"

"老公……你过得怎么样？"

妻子开口问道，似乎有点儿羞于启齿。

"还行吧……还凑合。我在外面吃饭，解决了吃饭问题。打扫卫生什么的，不好意思，都偷懒了。"南原回答后又问道，"京子怎么样？"

"挺好的……老公，我能去打扫卫生吗？"

从妻子唯唯诺诺的语调里，南原听明白了。应该是岗枝靖子去找了她，向她说明了强暴事件其实是谎言。

洋子因不信任丈夫而感到惭愧，而南原感到愧对靖子。

"洋子，你能过来，我太高兴了！啊，不是的……是你能回来……"

"我这就过去……啊，不是的，是这就回去！"洋子的声音听起来很兴奋，"晚上吃的菜，我买了带回去哦！"

"好啊，我等着你！"南原说完，忽然想起什么，又说道："对了，我要回原来的的公司……"

还没说完，对方已经迫不及待地挂断了电话。

南原难以抑制激动的情绪，摇摇晃晃地在家里走了好几圈。原本以为失去了一切，竟然以几倍的回报都回来了，带来成倍的喜悦。

他的脚步像少年时代那样轻快起来……

南原走到自家大门口时，无意中看到门缝里插着一只白色的信封。什么东西？难道是邮寄广告？

白色的信封上没有写收信人的姓名，也没有写寄信人的姓名。南原想，先不管，打开看看再说。于是拿着信走进起居室。信封刚打开，从里面掉下来一张纸。

是什么呢？纸上是线条画出的表格状的东西，写着"勘误表"三个字，看起来像是用文字处理机打出来的。

什么勘误表？是什么东西的勘误表？

南原看了看那张表格的内容，心里突然"咯噔"了一下。"误"的一栏填写的是"太川部长"，而"正"的一栏填写的是"南原悟士部长"。

这是……怎么回事？

大概是什么人直接塞到大门的门缝里的。

南原急忙跑出大门，向外张望，然而四周并没有发现有可能做这件事情的人的身影。

　　"勘误表"啊……事情确实像这样发展了，可是到底是什么人……南原耸了耸肩，把那张纸和信封扔进了抽屉。

　　南原虽然没想把它扔掉，但也没有太过看重这件事……

9 追加订正

"抱歉,我进来啦!"

丹羽诗织招呼一声后打开了门,不觉犹豫起来。

"有田先生?"

她是接到经纪人有田的通知才过来的。然而在这个靠着剧团排练场最里边的办公室房间里,没有一个人。

根本用不着寻找,因为这是一个一眼就能看尽的小房间。

在这里办公的除了有田,还有一个打短工的女孩。这间办公室一年到头走马灯似的换人,女孩就是那些打工者之一。据说大家之所以纷纷辞职,是因为有田喜欢调戏这些女孩,却不知道真相如何。

这个有田,据说是黑岛大学时代的学弟,当年是在演剧社团当经纪人的,应该很适合从事这份工作。

"难道他忘了约了我来这里……"

查看一下有田的办公桌,发现上面放着一张纸,纸上以潦草的字迹写着:"丹羽:我可能会迟到,麻烦等我一下。"

这样啊……希望您能快点儿回来呀,我还饿着肚子呢。

诗织打开一张折叠椅坐了下来。排练结束了，大家都回去了。排练场上此起彼伏地响起互道"再见"的声音，然后这些声音像海水退潮般归于平静。

今天，由于黑岛外出采访，大家早早下班了，整个排练场的氛围显得轻松些。黑岛说，虽然离正式演出的日子越来越近，不过偶尔有一两天这样的日子也不是坏事。

黑岛为这个说法找的理由是："我们演员呀导演呀什么的，原本就不是什么优等生，如果不偶尔偷个懒，会憋闷的。"

话虽这么说，倘若谁胆敢马虎偷懒，就会被撤换角色。黑岛对待女性很随意，但事关演戏就很严厉。

连诗织也从没当上主角的打击中慢慢恢复正常了。如果她一味沉沦下去，恐怕连现在这个角色都有可能失去。

即便不情愿，也不得不全情投入所扮演的角色。

然而，随着公演时间临近，杂志的采访活动渐渐地增加——黑岛在这方面拥有非常广泛的人脉，很厉害——每当这时，丹羽诗织看到野上惠利频频接受采访，说实话，还是会产生一些嫉妒……

"要等到什么时候呢？"

丹羽诗织小声嘟囔着。

也许是平时训练过在舞台上独白，她养成了把心里所想说出来的习惯。

她随意地站起身，朝杂乱无章的桌面上看了一眼……

桌面上有一张很大的照片摊开放着，上面罩了一张薄薄的白纸。想必是……用手轻轻地试着按压了一下白纸，下面的图案清晰可见。看得出来有一张圆形照片是黑岛的，应该是从某个和黑岛关系亲密的画家制作的图片中剪切出来的。

这是本次演出的海报吧。当然还会拿去进行版面设计、配置文字后才送去印制。除了大开本的海报，那些散发给各剧场以及夹在赠票里的宣传单、节目单封面等也都会使用同样的素材制作，很花费工夫和金钱。投进去这么多金钱和时间，是黑岛的营销手腕。

只有白纸的上半部分折叠着压在照片上。诗织轻轻地掀起那张薄纸，想看看下面的插图和照片。

她看到剪切成圆形的主演级演员的大头照一字排开……

只差一个，第一排的照片空缺了一个，留下一个圆形的空白。这里显然应该印上主角野上惠利的大头照。

第二排是男演员和其他剧团来客串的演员照片，再往下一排，丹羽诗织的照片出现在那里。看起来，即便是黑岛也没把诗织的照片从海报上拿掉。

或者说，黑岛这个人不演戏的时候还是个很在意对方感受的细心男人。只可惜，他有一个缺点，那就是认真对待一个人的时间不会持久……

海报下方印着演职员名单，参加演出的人员都排列在上面。随着视线移动，诗织看到了难以置信的东西。

有一处修改——有人用红色水笔把参演者的姓名作了修改。写在第一行的"野上惠利"被红色水笔画了一道直线删除，从那个地方引出一条线到空白处，仍用红色水笔，写下了"丹羽诗织"。

这是什么意思呢？

一时间，丹羽诗织想到，是不是惠利由于什么原因不能参加演出了？可是她明明今天还参加了排练，如果真有这种情况，应该早就传得沸沸扬扬了。

那么，这个修改是怎么回事呢？

正在丹羽诗织站在那里百思不得其解的时候，门开了。诗织忽然醒过神来，赶紧把白纸按照原样盖回去，转过身来。

"不好意思，让你久等啦！"

经纪人有田以一贯讨人喜欢的语气说道，但他是个根本叫人琢磨不透的男人。

"没关系。您找我有什么事？"诗织问道。

"嗯……啊，是有点儿小事。"

124

有田经过诗织的身边，走到自己的桌子旁，坐在了椅子上，长舒了一口气。

然后……以为他会开始说事儿，却见他拿起堆在桌子上的信件，一封一封拆开、查看。

诗织想着他过一会儿肯定会说是什么事吧，一直耐心等着。可是过了快十分钟，也看不出他有要开口说话的意思。

"有田先生！"诗织终于忍不住了，"我很累了，很想早点儿回去。如果您找我有事，请尽快告诉我！"

于是有田抬起眼看着她，微微一笑说："你可真要强啊！"

"您是什么意思？"

"我为了你，一直等到剧场里所有人都离开了——应该是一个不剩，都走了——但还是要小心再小心哪！"

"为什么？"

"应该是你有话要跟我说吧？"

诗织感到烦躁。她最讨厌别人说话绕弯子。

"是什么事？请您直接说清楚！"她一字一顿地说，"我没有闲工夫！"

"虽然我觉得可能没有说出来的必要……"有田用眼神示意了一下桌子上的海报，"就在刚才，你不是都看到了？"

诗织朝海报瞄了一眼，说：

"您是说海报的事？红笔修改的地方是怎么回事？"

有田听完诗织的问话，高声笑了起来。他说：

"真有胆识！被我抓了现行，还要装傻吗？"

诗织绷起了脸，问道："你的意思是说这事是我干的？"

"把野上惠利的照片去掉，还把主角名字改了——这事儿要不是你干的，还会有谁？"

诗织心里很恼火。"你不要小看人！"她站起身来，"我为什么要做这种事？我来到这里的时候，已经是那样了。"

"我明白！午休结束后，这东西就送过来了。然后我出去了一趟，回来的时候就成了这样……"

"那你为什么会认为……"

"这不是你刚刚干的，但是你被我通知到这里来一趟之后，感到不安。你是在中午的时候一生气就干了这事，你现在很想再来看一看事情进行到什么程度了……"

诗织摇了摇头说："不是我干的。你不用来套我的话！"

"那么，谁会干这种事呢？"有田站起身来，朝诗织走过来，"我说你呀……诗织，你不要对我有什么误解！我很明白你的心情。不仅黑岛被抢走了，连演主角的机会也失去了，你生气是应该的！连我都觉得憋气。我说的是真的。"

他这副故作温柔的语调反而让人觉得恶心。

"有田先生，现在的事跟那些都没关系吧？现在应该弄清楚是谁干了这样的蠢事。你要是怀疑我，就调查一下吧！我没有干这种事！"

"你别生气嘛。好吧，站在你的立场，当然会矢口否定。可是，事实上，除你之外，还真没有人可能会干这种事。"

有田慢慢地来回踱着步子，用下巴指了指海报说：

"把这事告诉黑岛，会怎么样呢？"

诗织瞅了一眼海报。突然，有田从诗织身后抱住了她。

"你干什么！"诗织挣扎着喊道，"住手！我要喊了！"

"没有人呢……我说你，要是肯乖乖听话，按我说的去做，我就替你保守秘密，不告诉任何人。你要懂事哦！"

诗织试图掰开有田的手腕，但这男人的力气让她未能轻易挣脱。她使尽全力想甩开他，结果腿不听使唤，摔倒在地。

有田死死地把诗织抱在怀里，从背后紧紧地贴在她身上。

"住手……住手！"

诗织俯趴在地，被按压着，动弹不得。有田的膝盖已经伸进了她的双腿间，让她感到很害怕。她拼命地伸出手，试图攀着桌子腿站起来。

"你就放弃吧……你要是乖乖地按照我说的去做，我不会为难你。你这样的女人，跟着黑岛那样的人真是可惜了……"

胸口被地板压迫，呼吸很困难——即便如此，诗织还是决绝地回答："我宁死也不会让你这样的家伙称心如意！"

但是右手被捉住拧到背后的时候，她还是疼得喊叫起来。

趁诗织抵抗力减弱，有田把她牢牢地按在了地上。

"你给我老实点儿！"有田一边大口大口地喘着粗气，一边揪着诗织的头发向后拽。

"住手……"声音已经嘶哑了，诗织浑身快没力气了。

"你还不明白吗？反抗我是没用的！我随便跟黑岛说个理由就能把你从这里踢出去！"有田说着笑了，"这就对了！早这么老老实实的多好！我不会让你后悔的！"

然而接下来发生的事情是有田要后悔了。

"喵——"

突然响起的一声猫叫把有田吓了一大跳。

声音很近——福尔摩斯？是福尔摩斯！

诗织大声喊道："救命啊！"

门开了，一个茶黑相间的身体向有田猛扑过来。

"好疼！停下……快停下啊！"

有田在地上翻滚，试图躲避福尔摩斯利爪的攻击。然而福尔摩斯找准了空隙朝便于攻击的部位猛劲儿地发起进攻。

"可以了，福尔摩斯！"晴美喊道，"诗织，你还好吗？"

"嗯……"

诗织勉强撑起身子。她喘着气，喉咙像针扎一样疼。

"畜生！"有田靠在桌子上，轻轻地抚摸着自己脸上和手上的抓伤，嘴里骂道。

"福尔摩斯可能是个畜生，不过你呢？连畜生都不如啊！"晴美说着，拉着诗织的手，扶她站起来，"你……能自己走吗？"

"嗯……惠利呢？"

"在后门口等着呢。"晴美说，"我们走吧，福尔摩斯。"

"喵——"

福尔摩斯瞅了有田一眼，好像在说"尝到苦头了吧"，然后又"喵——"叫了一声，"噌噌"两步跑到前面去，走出了房间。

"稳下神儿来了吗？"晴美问道。

"嗯……谢谢你！"

诗织长舒一口气，把汤勺放到喝光了的汤盘上。

三个人走进了附近的西餐馆，一起吃了个饭。这里说的三个人是指晴美、惠利和诗织。福尔摩斯卧在晴美身边，像是在打瞌睡。

"这也太过分了！"惠利愤愤地说，"我觉得这件事应该告诉老师！"

"不必！"诗织摇摇头说。

"可是……"

"那个人今晚已经受到惩罚了！而且，他作为经纪人已经干了很长时间。总而言之，这次的事情……至少在公演结束前不可能把他辞退，对吧？"

"这样吗……"

"因为我们会突然没了经纪人。而且你以为他会乖乖地被辞退？他那样的人，肯定会破坏我们的演出。"

听诗织这么一说，惠利不由自主地朝晴美瞟了一眼。

"我记得……你好像也说过同样的话。"晴美微笑着说。

是的，惠利遭绑架袭击的时候也主张不报警。

"这就是'谁也别说谁'的意思吧？"惠利笑着说。

"吃了饭就有精神了！下次要是那个有田再袭击我，我要把他像撕烤鱿鱼一样撕碎了！"诗织说着，还试着做了个握紧拳头举起来的姿势。

"不过海报的事还是让人放心不下啊！"晴美说。

"惠利，这件事真的不是我干的！"

"我知道！你怎么会干这种事——能做出这种事的人，

咱们剧团会有吗？我想是不是有田为了找借口自己干的？"

"也有这个可能性……"晴美点了点头。她身边的福尔摩斯忽然抬起头来，看了晴美一眼。

"嗯……福尔摩斯也说这件事让人放心不下。"

"哦……"诗织"扑哧"一声笑了。

让晴美惊讶不已的是，惠利和诗织都很能吃！看来演员这份工作还真是消耗体力啊！

三个人一眨眼的工夫就把盘子里东西吃干净了，然后各自支付了自己那份钱，走出了饭馆。

"我……想回排练场看看。"晴美说。

"为什么？"

"我想去看看那张海报。也许……我好像有预感，能发现点儿什么……"

"疼死我了……那只猫！"

有田在镜子前给自己处理伤口。

他当然是独自疗伤的。带着这样的伤，明天要是被人看到了，会被说成什么呢……

要不，接下来的两三天干脆别露面了……以有田的工作性质，一整天在外面跑业务不回公司是常有的。估计诗织不会到黑岛那里去说些什么，她就是那样的女人。

那只猫……真想逮到它好好修理一番！

有田一边心里冒着火一边给自己上药。

"这药的刺激性好大啊……疼死啦！"

反正谁也听不到。有田一个人大喊大叫着给自己的伤口消毒。他给自己疗伤的地方是一个有镜子的化妆间。好不容易上完药，他回到了自己的房间。

"哎呀，真倒霉……"

都怪那张海报。因为海报被修改，自己才产生了对丹羽诗织动手动脚的邪念……有田轻轻地掀起了海报上覆盖的那张薄薄的纸。到底是谁干的呢？谁会对海报进行这样的修订呢？说实话，他不认为是丹羽诗织干的。难道是剧团里的什么人？那人很讨厌诗织，才这么干吧？或者……难道是剧团里有人认为诗织应该演这部剧的主角？可即便这么想，也应该明白，做这样的事只会对诗织更加不利啊……

有田忽然注意到一件事：海报上刚才还好端端的地方，如今多出来一处修订——红色笔迹把印在"制作负责人"一栏的"有田"涂掉了。

"这是……刚才还没有的……"

话说到一半，有田突然意识到屋子里并非只有自己。

他感觉背后有人，刚要转过身来看，脑袋上就挨了一击，倒在了地板上。

还得……再去……疗伤啊……有田意识模糊时想到了这个问题。不过，对他来说，不需要再去疗伤了。

"好像……听到了警笛声呢！"晴美边走边说。

"真的呢！哪里出事了？还有消防车！"

惠利从"当——当——"响起的钟声里听到了混杂其中的消防车警笛声。

"现在是火灾多发季节！排练场是老旧建筑，要小心！"

"不过，因为特别干净，用着很安心，也不会弄脏它。"

"深有同感！"诗织笑着说。

这两位演员仿佛根本没感觉到天气的寒冷。

"我们进去看看？"晴美问道。

"说不定有田还没走呢。"诗织说道，"他现在脸上带着伤，怎么回得去！"

"那倒是。他是不是要在这里化化妆……"惠利说着，忽然注意到……"是朝这边开过来的！"

一辆消防车开到了她们走着的这条路上，很快超过了她们，从前面的拐角处转过弯。然后是第二辆、第三辆。

"快看！有火焰灰！"惠利停下脚步，指着天空说道。

眼前建筑物的前方，烧得通红的火焰灰在飞舞。

三个人交换眼神，同时跑动起来。

"福尔摩斯，快跟上！"

晴美一边跑一边回头喊。福尔摩斯像是刚刚醒过神的样子跑起来，很快就超越了她们仨。

跑到道路拐弯处，三个人停下脚步。

"不会吧！"惠利说。

排练场被火焰完全包围了。与其说是在燃烧，不如说火焰把整个建筑物包了个严严实实。

消防员把消防水带接在消防栓上，开始喷水，但谁都看得出来已经没救了。

"排练场正在被烧毁……"

诗织突然浑身脱力了似的，当场蹲在地上。

晴美看了一眼福尔摩斯，压低声音，好像在自言自语：

"你觉得有田还在里面吗？"

福尔摩斯没有回答。烧得明晃晃的火焰异常清晰地映在它的眼眸中。

10 硬送上门

"真是一场灾难啊！"

片山吃早餐的时候感叹说。

"你说得轻松！这很有可能是一桩凶杀案！"晴美一边给自己的米饭泡上茶汤一边说，"毕竟有人被烧死在里面。"

"那个叫什么有田的，很可能是在他跟丹羽诗织纠缠的时候把自己身边的火源，类似带火星的香烟灰什么的给打翻了。"片山说着看了一下手表，"哎呀，我得走了！"

"我说，你们去勘察现场的时候告诉我一声没问题吧？"

"知道啦！"片山耸了耸肩，说道，"你不要把这次事件故意往杀人案方面想……那么，我走了。"

"早去早回！"

晴美在大门口目送哥哥上班。

"你今天不出门吗？"

"排练场没了，我只能在家里等对方联系我。"

"哦，这样啊……"

片山把外套搭在手腕上，急急忙忙出门了。

晴美伸了个懒腰，自顾自地嘟囔道：

"那么……要不今天就在家打扫卫生吧！"

至于福尔摩斯，在这方面只会碍手碍脚。

早饭后，正在洗刷收拾，电话铃响了。晴美急忙拿起电话。

"是晴美小姐吗？我是黑岛。"

"啊，您好！昨晚的事……"

不等晴美把话说完，黑岛就打断她："暂时从S剧团借了个地方排练。一小时后开始。"

"啊？"

"地点的话，你问诗织，她知道。我等着你们哦！"

没等晴美从惊讶中清醒过来作出回应，电话已经挂断。

"这是什么人啊！？"

还真是个怪胎。话虽如此，既然知道了，就不能不去。晴美急急忙忙作准备。

这时，电话铃又响了。

"你好！"晴美再次接起电话时，不由自主地充满了干劲儿。

"小晴美吗？是我哟！"

这次打来电话的是儿岛光枝。

"啊，是舅妈呀！真是太好了，地铁站的事……"

晴美话刚说了一半，就被打断："那个，晴美啊，我没时间呢！"

"时间？"

"你给义太郎带个话，就说让他下午三点钟到K剧场二楼的R2包厢。"

"什么？"

"女方会在那个包厢里等着。说好了，拜托你啦！"

电话挂断了。

这个人不久前还差点儿被当作谋杀案嫌疑人，怎么若无其事地……女方？光枝口中的女方应该是相亲对象吧？片山没对晴美提过一个字。

"他肯定忘记了！"晴美双手抱头，发起愁来——我怎么净遇到这么些不靠谱的人？"真是的！靠谱的只有我一个！"

"喵——"

从福尔摩斯的叫声里，晴美听出了"同意"的意思。

然而……这次响起的倒不是电话铃声，而是早已听熟了的拖拖沓沓的脚步声。

"片山先生！早上好！"

传来石津刑警雷鸣般的大嗓门。

"嗬！"栗原科长抬眼看了看一脸尴尬地站在桌子前方的片山，"相亲啊！挺好的嘛！"

"很抱歉，正在查案子呢……反正我只是给舅妈一个面子，去露个面，很快就回来。"片山很诚恳地请示。

"不，不用着急回来。急匆匆地赶过去相互看一眼，那真成了'相看一眼'就转身离开，你不觉得很失礼吗？"栗原兴味盎然，"再说了，这次的事件中，你舅妈也是当事人之一。你就踏踏实实地去一趟吧！"

片山还真不想踏踏实实地去一趟。

"那么，抱歉了，我出去一会儿。"片山清了清嗓子，"K电机公司那边，我会让石津过去。"

这时候，一名年轻的刑警跑过来喊：

"片山先生！"年轻刑警手里举着一张纸，摇晃着，"有指名给片山先生的传真！"

"给我？"

"这可是件大事！务必也请科长过目啊！"

"什么事？给我看看！"

看到放在栗原科长桌子上的那张传真，片山不禁哑然。满纸画着大大的心形，还用圆体字写着："我可爱的义太郎！上次见面很开心！还要再见哦！我总会想起你！每每是为了你！我是你可爱的小美加！"

栗原对着眼前的这张纸默默地注视了好一阵子。

"那么，我该出发……"

"你可爱的小美加……这个女孩是谁？"

"是地铁站案子的目击证人。"片山回答说，"是个十六岁的小女孩！"

"啊！是那个在咱们楼道里跟你接吻的女孩吧？"

"那只是碰巧撞上了而已！"片山辩解道。

"那么，你现在要去相亲的人满十八岁了吗？我说，片山啊，你眼看着步入中年了，确实应该赶紧娶个媳妇！好吧，快去办妥吧！即便你今天晚上不回来，我也不会跟晴美多嘴！"

上级能如此调侃下级，看来搜查一科的氛围真和谐啊！

片山回到自己的办公桌前，生气地说："为什么给科长看那种奇怪的东西！"

"对不起！不过……不是很可爱吗？！"

"所以呢？这又是什么？"

片山的桌子上还放了一张纸，上面打印着很不可爱的男子的通缉照片。

"啊，是前不久在押送途中逃跑的嫌疑人，好像姓川北。"年轻刑警解释完又补充道，"听说很有可能潜回市区了。"

"你们要是遇到了，替我问候他！"

为了不再看见这些东西，片山赶紧离开了。

"您好！这里是S心理诊所！"

听着母亲的声音，大冈聪子不由得笑出了声。

"喂？"

"抱歉，是我！"

"聪子！吓我一跳！"大冈纮子说，"你怎么了？出什么事了？"

聪子从母亲的问话中听出了一丝紧张情绪，心里不由得感到抱歉："没事。不过，今天有朋友请我去看戏，说是有余票。我可以去吗？"

大冈纮子没有马上答复。顿了一会儿，她说："不是不可以……不过要早点儿回来！"

"没问题！我朋友也说要回家吃饭，看完戏我直接回家。"

"是嘛……那就好。哦，对了，喂？"

"我在听！"

"你到车站的时候给我打个电话！妈妈今晚八点钟就到家了。明白吗？"

"嗯，明白！"

“那，你要多加小心哦！”

聪子听得出来母亲心里的纠结：不叮嘱不放心，反复叮嘱又会显得很奇怪。

“对不起！”

大冈聪子挂了电话，对着公用电话双手合十，道了歉。

电话卡从插卡口里退出来，发出“噼——”的声响，好像是对她的回应。

取出电话卡，插回钱包里，聪子环顾剧场大厅。看看手表，两点四十分。三点开演，现在到达，时间刚刚好。

观众开始缓缓入场，像是被什么东西吸进去的。

进去吧。聪子是从学校直接过来的，一身的打扮当然是穿校服提着书包。这身校服已经很显旧了，想到明年春天就可以跟这身衣服说再见，聪子舒了一口气。

毕竟，即使在冬天，只要穿着这身衣服就不用再穿外套了。所以，是什么样的校服，大概都能想象了吧？

聪子从书包里掏出收到的那张戏票，票面印着“K剧场二楼R2包厢席位”。

那么……赴约的会是什么样的人？

聪子决定先不管到底会是什么情况，好好享受所谓相亲这件事就好。她向门口的工作人员出示了戏票。

"欢迎光临。请您从右手台阶上去，那边有引领员。"

"谢谢！"

聪子道了谢，手里握着票根，踩着厚厚软软能把人的脚步声都吸收掉的地毯，向剧场里面走去。

按照工作人员的指引走上二楼，看到一位负责引领的女职员百无聊赖地站在那里，正面露疑惑地看着聪子。

她的表情分明在问：这样的女孩怎么会来这样的地方？

"需要我给您带路吗？"听得出她心里半是疑惑。

"好的，麻烦您了！"聪子说着，把票递给她。

这位工作人员态度立刻转变，说："请您随我来这边！"

感觉自己忽然成了大人，聪子心里感到些微得意。

金光闪闪的"R2"两个字符出现在一扇小门上。

打开门就看到眼前是并排的两个席位。位子前方是一楼坐席的顶部，是一大片开阔的空间。

虽然左右两边并列着同样的包厢，但包厢与包厢之间拉开了距离，感觉是各自独立的。

"您的同伴还没来吗？"引领员问。

"是的。"

"那么，等那位客人光临的时候，我再给领过来。"

剩下她一个人的时候，聪子把书包搁在脚下。这里的座椅

142

有着高椅背，很舒适，聪子试着把身体服帖地靠在椅背上。

一楼的座位尽收眼底，看得出有一半的位子已经有人就座。今天上演的是大型音乐剧，听说很受欢迎，一票难求。给她弄到票的是那个人，那个叫儿岛光枝的，好像很有门路，说什么"你就不用操心了"，还说"我家义太郎呢，是个胆小怯懦的孩子，你可别吓唬他啊。"

说得好像让她领养一只小狗。聪子忍不住笑了起来。

对聪子来说，她根本不在乎那个名叫义太郎的究竟是什么样的人，只知道他"是个刑警"，这一点才是最重要的……

再有十分钟就开演了。

聪子看了看手表，他真的会来吗？

当然，很可能他本人是打算来的，但作为刑警，如果突然发生了案子……这种事有时也会有吧。

聪子总觉得有点儿稳不下心神。她的心止不住地狂跳，这么说确实有点儿奇怪，不过对一个十八岁的少女来说，和一位男性——成年男性——两个人单独欣赏戏剧，这样的体验无疑过于刺激了。

提示"离演出开始还剩五分钟"的铃声在宽敞的空间里回响，俯瞰一楼的坐席，上座率已经达到了八成——聪子做了个深呼吸。要稳住啊！

这时，背后的门开了，她感觉到有风吹进来——来了！

还没来得及回头看，男人已经坐在了聪子旁边的座位上。

聪子不敢相信自己的眼睛。难道是在做梦？

"你……是聪子吧？"男人开口说，"还记得吗？我是你父亲。"

"可是，应该没错！"片山强调说，"我记得没错，就是这个时间呀！"

"虽然您这么说……"

入口处的女员工感到很为难。

"能不能帮我呼叫一下让那人出来？是个姓大冈的。"

"您是说客人姓大冈吗？"女职员一边确认一边记着笔记，"大冈……名字叫什么？"

"我忘了！"

客观来看，就连片山本人也觉得自己过于胡闹了。

目前的情况是他迟到了——音乐剧已经开演十五分钟。

演出期间要求呼叫某位客人出来，太难为人了吧？何况自己勉勉强强只记得客人姓大冈，把名字忘了个干干净净。

难怪守在门口的女职员会觉得片山这个人很奇怪。

"我说呀，您不记得伙伴的名字，连具体座位号也不知道。我们很难满足您的要求！"女职员干脆利落地回绝。

"嗯……确实是这个情况。你说的完全正确！"

"您要是已经明白了，就请回吧。"

"可是能不能想想办法……"

虽然他觉得这样说很不近情理，但还是觉得不能就这么放弃，打道回府，否则事后不知道会被舅妈说成什么……

正在这个时候，仿佛听到了影片《独行侠》中的《威廉·退尔序曲》（虽然年代有点儿久远），也就是每当独行侠主人公飞身赶到时响起的音乐："喵——"

不是主人公，站在眼前的是女主人公。

"哥，你怎么可以给人家剧场出难题呢？"晴美说。

"晴美？你……还有福尔摩斯，你们来这里干什么？"

"你这是什么话！亏了我们好心好意来给你送票！"

晴美像变戏法一样，眨眼间取出一张票。

"是你把票拿走了？"

"错！我不是让石津先生给你带话让你来这里吗？然后我很放心地准备外出，临走前看了一眼信箱，发现这个东西在信箱里。肯定是舅妈她寄出东西之后忘了说一声。"

"这真是……太令人无语了！"

"我感觉事情有点儿复杂，决定干脆亲自过来送一趟。

但排练时间往后拖延了很久，一结束，我就急急忙忙赶过来，看见哥哥你在这里跟人家起争执呢。"

"如果是那样，也应该……唉，算了！好了，把票给我，我要进去了。"

"等一等！"晴美好像忽然想起了什么，朝满脸不高兴地站在一边的女职员走过去，说，"刚才真是失礼了！其实我们……是警方的人。"

"啊？"

"早点儿表明身份就好了……快，出示证件！"

片山无奈只好出示了警官证。

"哎呀，真是失礼了！因为不知情……"

负责接待的女职员急着辩解。

"不客气，您那样做是应该的。事实上，这件事能不能暂时请您帮忙保密呢？"晴美说着，压低了声音，"我们收到情报，说今天有个逃犯潜入了观众席……"

"怎么会？这可怎么办？"

"请您冷静！情报是真是假，现在还不能确定。不过，如果不加以确认……"

"嗯，那是当然！"

"能麻烦您让我们进去吗？我们……提前托人买了票的。"

"好。您这张票是包厢席位的，演出期间可以自由出入。"

"太好了！也就是说，我们在二楼能把一楼观众席一览无余吧？"

"是的，您的包厢在右侧，看得很清楚。"

"那么请让我从那里看看观众席吧！"

"好，我带您过去！"

"我们只有一张票，能都进去吗？"

"是的，可以！如果需要，我们可以给您加把椅子。"

晴美领着片山和福尔摩斯一起跟在负责接待的女职员身后进入了剧场。

"我说你……"登上二楼台阶的途中，片山对晴美说，"脸皮太厚了吧？"

"我呀，早就想来看看这部音乐剧了！"

晴美一脸正经地回答道。

二楼负责为客人引导的工作人员看了一眼票根，说道："啊，是那间只来了一个女孩的包厢，请跟我来！"

工作人员轻轻地打开"R2"包厢的门。

福尔摩斯忽然回过头。

"哎呀……人不在里边！"

两个座位都是空的——舞台上，音乐响彻全场，像是要把片山他们包围。

"您打算怎么办？"

被这么一问，片山感到不知所措。这时，一个穿校服的女孩被一个中年男人扭着手缓缓步入二楼大厅。

"咦……"片山看到那个女孩子，"你……"

"您是片山先生？"女孩子开口问道。

中年男人轻轻地放开手。"这孩子迷路了……"男人语速很快地补了一句，"我失陪了！"

说完快步离开。

"那个人，我没有领他进来啊。"负责二楼引导工作的女职员颇为疑惑地说道。

"对不起，我迟到了！发生了很多事……"说到这里，片山忽然想起了什么似的，问道，"刚才那个男人是谁？"

他觉得那张脸仿佛在哪里见过——是在哪里见过？

"总而言之，我们先……"晴美还没把话说完，那个女孩就朝地上倒去，吓了她一跳。

"你……醒醒啊！你怎么了？"晴美蹲下身扶住女孩，"晕过去了……也许是看到了我哥，大受刺激？"

"喂，你说这话是什么意思？"片山生气地问道。

"没事的，我感觉她这是忽然放松下来的缘故。不过，为什么呢……哥！你怎么也脸色苍白了？"

想起来了……片山明白自己遇到了逃犯，是他出发前看到的桌上那张通缉照片上的人！

"这里交给你了！"片山朝男人离开的方向追过去。

怎么会？竟然真的遇见了！混蛋！

片山快速跑下台阶，飞奔出剧场，可是哪里还有那个男人的身影！他早就消失在来来往往、络绎不绝的人群中。

11　逃犯

"叫川北……拓郎，对吧？"

片山在电话机旁边的笔记用纸上写下了这个名字。

"是的！就在大约五分钟前在K剧场前方一带跟丢了。"

片山一行都待在剧场的办公室里。

大冈聪子躺在沙发上，晴美在旁边陪着。福尔摩斯窝在一把椅子上，不过没有睡觉。

"好，那就拜托了！"片山说完，挂了电话，问大冈聪子："你感觉怎么样？"

"对不起……"聪子有气无力，"如果我当时冷静一些，肯定已经抓住他了！"

"不用自责，无论是谁，跟杀人犯在一起的时候都不会轻松愉快的。"

片山看到聪子慢慢地从沙发上坐起来，于是问道："你是……叫大冈聪子，对吧？"

"是。我妈妈是护士，在S心理诊所工作。"

晴美惊讶地瞪大了眼睛，问道："你是说……她？那个负责前台接待的……"

"是的。"聪子点了点头说，"还有……我父亲……是川北拓郎。"

片山和晴美一时惊讶得说不出话来。

"也就是说，川北是知道你的事情才……"

"是。我也是因为他的事，才想跟片山先生谈朋友。"

聪子说完这些让人摸不清头脑的话，道歉说："对不起，给您添麻烦了！"

"我说啊……"晴美轻轻地拍了拍聪子的肩膀，"只要对方没有明说自己感到被麻烦了，就不用道歉哦！"

"可是……"

"这是女人的特权哦！特别是又年轻、又可爱的女人。"

"你说的是你自己的特权吧！"片山说。

聪子笑了，像是松了口气。看样子，某种让她全身一直紧绷着的东西已经释放了。

晴美接着聪子刚才的话说："嗯，我记得，我跟那个前台的女护士聊过一些闲话，还聊到我哥哥的事情呢。"

"反正你总是说我的闲话！"

"还聊了我家儿岛舅妈的事……对了，好像你妈妈认识的某个女护士就是通过我舅妈牵手成功了呢！"

听到这里，片山忍不住想到，难道儿岛舅妈如今奔走于全国各地，已经把相亲业务开拓到全日本了？

"是的。"聪子点了点头，"我妈妈回家后跟我说了这些，然后我偷看了妈妈的通讯簿，查到了儿岛光枝女士的住址，把自己的照片给她寄了过去。我还假借妈妈的姓名写了一封信说'这是我女儿，请多关照'，跟照片一起寄过去了。"

片山感到疑惑，问道："即便如此也未必肯定是跟我相亲啊？"

"所以我当时计划的是稍后再寄出一封信，说'想选择这样的人'相亲。然而没想到，听说是片山先生选择了我！"

"说是我选择了你……唉，倒也不算错……"片山感到这件事说不清楚了，改口问道，"这跟川北的事又有什么关系？"

"妈妈告诉我，父亲在我很小的时候就死了。她到现在还以为我对此深信不疑。可是，大约三年前，我收到了父亲托出狱的朋友给我捎来的一封信——这件事我没告诉妈妈。父亲在信里写着，他没有见到我之前不甘心死去。"

"川北拓郎蹲了十五年监狱吧。"

"他是终身监禁？抢劫杀人。我听说是入室抢劫的时候把那家人杀了……"聪子说到这里，脸色越发苍白，"我因为……自己是这种人的孩子而深受打击。然而，事实就是如此，我不得不承认。"

"不是患病，不会遗传哦！"

"嗯，说的是啊。不过……妈妈不想让我知道这件事。她的心情，我是理解的。"

"是啊，"晴美肯定了她的说法，"不过川北逃跑了……原来是这样啊！你是因为这件事才想见我哥哥吧？"

"是的。我看到报纸上说我父亲逃跑，快吓死了！我觉得他肯定会来找我。碰巧那天在家里，妈妈跟我说到了你……说是……你说你哥是刑警，因为交不到女朋友而烦恼……"

"你这家伙竟然连那样的话都说？"

片山很生气。

"嘿嘿，有什么关系嘛！"

"喵——"

"你这家伙别插嘴！"

看着兄妹俩和福尔摩斯之间的口角争执，聪子微笑着说：

"我明白片山先生为什么一直单身了。"

"你明白什么？"

"您和妹妹的关系太亲密了，不需要别的女人啦，更何况，还有一只漂亮的猫咪。"

"哎呀……"晴美赶忙理了理自己的鬓发，福尔摩斯则赶忙调整了坐姿，找角度挺了挺胸，摆了个雕塑般的姿势。

你们装腔作势个什么劲儿啊……片山无奈地叹了口气。

"可是你即便跟我谈朋友，又有什么……"

"片山先生不会对自己的恋人见死不救吧？会保护我吧？"

"虽然会，可是像今天这样还是晚了一步，你说是吧？"

"可我还是觉得，如果身边有一个当刑警的人，父亲就不敢轻易靠近我。"

"今天他是怎么找到这里来的？"

"他知道我的学校，不知是怎么查到的。我觉得他是等着我放学后跟踪我来到这里的。"

"说的也是。不过……"片山稍微犹豫了一下，"川北有没有跟你说什么？"

"说了，他说让我跟他一起逃跑。我说我不能丢下妈妈一个人，然后他就……"

聪子话到嘴边又咽了回去。

"他就怎么样？"

"他就……污言秽语地辱骂我母亲。然后说'少废话，赶快跟我走'……我跟着他走出了大厅，想从楼梯的另一侧找到出口，但是白费工夫，没找到。返回来，就看到了片山先生……真是救了我！"

晴美看到聪子这么坚强，很是感动，觉得这肯定是因为她是跟单身母亲一起生活的女孩。虽然相对于她的年龄，聪子过于坚强了，但也看不出来她有任何过于逞强的地方。

"总而言之，平安无事就好！"晴美说。这时房间外面响起了铃声。

"哎呀，是下半场要开始了！我能去看吗？"

聪子说着，一跃而起，模样很是可爱。晴美忍不住笑了。

"我还有点儿事，川北的事如果不赶紧回去汇报一下……"

"那么，我和福尔摩斯留下来替你好好保护聪子姑娘！"

"你是想留下来看演出吧！"片山拆穿晴美。

"好啦，去看戏！福尔摩斯坐在我腿上就行！"

"好！"

一眨眼的工夫，晴美、福尔摩斯、大冈聪子都不见了踪影，只留下片山一个人。

"我说……来相亲的应该是我吧！"

片山深感不平地发着牢骚，不过他走出来的时候，还是打从心底里松了口气。

第二部分已经开始，大厅里不见一个人影。外面已是傍晚时分，天光暗淡，还刮起了冷风。

"喂，相良！"一个半开玩笑的声音响起，"当老二的心情怎么样？"哄笑声在校舍的大厅里回荡。

说是校舍，这里却不是学校，而是相良一走读的课外补习班。与课外补习班不相称的是，这是有七层楼的高大建筑。

对报名这家课外补习班的孩子来说，学习不是在学校、而是在这里进行的。

相良一站着的地方是成绩展示厅，位于大楼一层，从大门进入大厅后稍稍靠里面的一个房间。每周小测试的考试结果都会被张贴在这里。

"本周第一名"——用略带俗气的金色纸装饰的栏框里写着"室田淳一"。

那一栏的下面简简单单划了一道红线，标示第二名的位置写着"相良一"。

可是只有第一名才引人瞩目。第二名，总让人觉得没有任何意义。

这家补习班晚上也不休息。有些孩子的家离学校远，有些孩子说父母下班晚，总之这样那样的理由让他们选择听晚上的课。结束的时候已经是夜里十点半了，据说有些孩子回到家的时间甚至比他们做推销员的父亲还要晚。

相良一这会儿已经下课，正准备回家。

"相良同学!"

相良一回头一看,站在那里的是室田淳一。

"是室田啊。"

"你是要回家吗?"

"嗯。"

相良一忽地把书包背到肩上,说:"你又考了最高分,祝贺!"

"算了吧!在这里考最高分有什么用!"室田淳一兴味索然,"我说,要不要去那边喝点儿什么?"

"好。"

他本想大喊一句"才不要呢",可是又不想让自己的言行显得太"不成熟"。

两个人一起走出大楼。已经是晚上八点多了,外面当然已经完全黑下来,还刮着风,冷飕飕的。路对面有家汉堡店,这家店的客人有一半以上是这家补习班的学生。

室田淳一买了汉堡和饮料,相良一则要了杯混合饮料。

"家里已经做好饭等我回去吃。"

两人坐到一张圆桌旁,相良一解释说。

"那……真抱歉约你一起过来吃东西了。"

"没有的事!我妈妈会开车过来接我,不过每次都会迟到二十分钟。"

"哦……还真是了不起！我们家根本没人管我。"

室田淳一笑着说。

相良一偷偷地看了一眼室田淳一。虽然他是跟自己同校的转学生，却很少有过像现在这样近距离看他的机会。

室田淳一比相良一高了十几厘米，胳膊和腿都很瘦长。他浑身上下给人感觉有着欧美血统，主要是因为他很白。

"那伙人来了！"

不知是谁喊了一声。

相良一抬头看了一眼，感觉自己的身体忽然紧绷了。

一群男孩——来自同一所学校的四个少年——走进店里。

"怎么了？"室田淳一问道。

"那四个人……你认识吗？"

"不认识。"

"以前来上过课外补习班……他们在教室里抽烟。"相良一压低了声音，"我去跟老师说了……并不是打小报告，是因为其他同学很讨厌他们的行为。他们四个很快被劝退了。"

"这不是理所当然的吗？中学生抽烟这种事……"

"可是……他们的父母大发雷霆，跑到补习班闹事。"

"不用理他们！要是把他们当回事就糟了。"

室田淳一说着咬了一口汉堡包。

那四个人要了四份汉堡包和炸薯条，用托盘托着四顾寻找空位子，朝他俩这边走来。

"哎哟，优等生！"其中一个坏笑着说，"又考了第一名吗？死读书的家伙！"

相良一知道自己的脸色越来越苍白，但无计可施。他在打架斗殴等需要使用暴力方面实在不是一般程度的弱。

"你们看他，脸都白了！"几个人哄笑起来，"不用害怕。多亏了你，我们才得以不必去上那什么破补习班。你们说是不是？"

"啊，是啊，我们得好好感谢他呀！"

"是啊！"其中一个拿起装番茄酱的瓶子朝相良一的混合饮料杯里"扑——扑——"挤着。

四个人强忍住笑，说："来，给你调配一下更好喝了，喝吧！"

"快喝！"

几个人催逼着。

相良一的额头开始冒汗，双腿抖得很厉害。他很想逃走，但两条腿不听使唤。

"你这是……不想喝啊！"

一个人紧紧抓住相良一的衣领逼问道。

相良一看起来想要哀号，但脖子被勒着，发不出声音。

店里还有好几名同校的学生，他们虽然看见了，却好像都打定主意装作没看见。店员们应该也不想牵扯进来，都装作没注意到这边的情况。

这时，室田淳一吃完了汉堡，拿纸巾擦了擦手，开口说道："别闹了！"

那四个人面面相觑。

"这家伙是谁啊？"

"我是他朋友！"室田淳一说，"把手从他身上拿开！"

四个人"呼啦"一下把室田淳一围起来。

"是个新面孔！还想逞能！"

"那就请你代替相良一喝下这杯掺了番茄酱的饮料吧！"

淳一面无表情地端起相良一那杯混合饮料，对那个把番茄酱挤到杯子里的少年说："你来喝！"

说完，冲着那个少年的脸，把一整杯饮料都泼了上去。

相良一不敢相信自己的眼睛看到的接下来发生的这一幕——只见室田淳一长腿一抬，扫到一个家伙的腿，把那人当场踢翻在地，右胳膊肘一捅站在他背后那家伙的肚子，就听到那人哀号一声摔倒在地。

另一个家伙吓呆了，傻站着。淳一抓着他的手腕，快速绕到他背后向上拽起。

"好疼！快住手！"

"想让我放了你？"

说着突然发力推向这个家伙的后背，这家伙和那个向饮料杯里挤番茄酱的男生面对面、额头对额头撞在一起，哀号着滚到一边去了。

一切发生在短短几秒钟内。

"想打架的话，先学几招再来吧！"室田淳一说道。

那四个人大惊失色，慌慌张张地从店里逃了出去。

最吃惊的恐怕要数相良一。

"我们去换一杯吧。"室田淳一说着，走到柜台前，"请换一杯新的！"

"喂，同学！你很强啊！"一个店长模样的男人颇为感慨，"这杯饮料，我请客！你要不要再喝点儿什么？"

"只要换一杯跟这个同款的饮料就行了。"

"可别这么说！我呀，真的很佩服你！"

室田淳一冷淡地看了看店长，问道："你们为什么没在打架发生前制止？你是成年人吧？是这家店的负责人吧？你为什么明明看见了却假装什么都没看见？"

"不是……"店长张口结舌。

"就是因为你那种态度，那四个人才心安理得地走上了邪路。成年人请干成年人该干的事！"

一个年轻的女店员端来了新的混合饮料。

"谢谢！"

室田淳一接过饮料走到相良一跟前，递给他。

"室田！"

"打架这种事，我已经……习惯了。我曾经在纽约的贫民区住过一阵子。"室田淳一说，"如果不学一些打架的本事，根本活不下来。"

相良一听他说完，一句话也说不出来，只是缓缓地喝完了那杯饮料。两个人走出店门，轻轻地挥手，互相告别。

相良一目送室田淳一的身影在冷风中渐行渐远，缩了缩脖子，回到课外补习班的大楼里。

妈妈来接他时，会把车直接开到大楼前。如果他站在建筑物外面等，妈妈就会训斥他："你这样会感冒的！"

他走进补习班的大楼，长舒了一口气。

他知道自己这样很没出息，但他真的感觉在补习班比在家更安心。

特别是那片展示成绩的区域，对相良一来说无异于心灵休憩的驿站。虽然现在不是第一名，没有以前那么愉快了，但他仍是这里"有名气的人"，是很特别的存在。

"第一名：室田淳一"

"第二名：相良一"

相良一看了一眼那个展示牌。这一看，他大吃一惊！

展示牌上的姓名用红色笔修改了！

已经改为："第一名：相良一"

12 治疗小组（二）

"晚上好！"

岩井则子与往常一样，从窗口外面打了声招呼。

"晚上好！天真冷啊！"

今晚值班的保安仍然是中林周一。

"你今晚没听随身听？"则子一边登记一边问道。

"已经准备好啦！"中林周一拿起随身听的耳机给则子看了看，"我决定等老师您来了之后再开始听！"

"哎呀，这么用心？"则子笑着说。

"喵——"

则子回头一看，一只三色猫走进来。

"哎呀，是福尔摩斯啊！最近好吗？"

"你们好！"片山晴美和丹羽诗织一起走进来。

"欢迎欢迎——那就请您签名吧。咱们一起上楼。"则子说。三个人和一只猫，一起乘坐电梯。

"南原先生来消息说，今晚说不准能不能过来。"则子在电梯里说。

"是身体不舒服吗？"丹羽诗织问道。

"不是，说是当上了部长，太忙了。"

"哎呀，也就是说……"

"是的，他回原来的公司上班了。"

"太好了！"诗织说。

"依我看，未必有那么好，"晴美说，"他是在前任部长过世后替补上去的。"

"啊？是这样啊，我还不知道呢。"则子显出很困惑的样子，"你说前任部长过世……是发生了什么事故还是其他什么情况？"

电梯到了，晴美含含糊糊地说了一句："就是那么回事。"

大冈纮子依然端坐在S心理诊所的前台。

"老师，晚上好！"

晴美看着她，心里却在想：如果大冈纮子知道自己的女儿与父亲见过面，会不会吃惊？

片山肯定不能一直陪在聪子身边，就暂时从追踪川北的刑警中调拨了几个潜伏在聪子周围监视——目的是逮捕川北。所以大家很期待川北露面。

当前情况下，聪子的人身安全应该没有什么问题。

"我们剧团的排练场被烧得可惨了……"来到平时进行

心理治疗的房间，丹羽诗织开口道。

"是啊，我在报纸上看到了。还死了个人，太可怜了！"

听则子这么说，丹羽诗织朝晴美这边瞟了一眼。

"我们四处奔波着找排练场，根本无法全身心投入排练了。当然，担纲主演的野上小姐可能会更为难。"

看到诗织为抢走自己主演角色的野上惠利担心，则子露出放心的神情。

"晚上好！"

相良一静静地站在那里，谁也不知道他是什么时候进来的。

"相良同学……随便坐吧。就差村井太太了……"

"刚才我们是一起到的。"相良一说，"不过她说要去洗把脸，好像刚刚哭过。"

"啊？是嘛……那，我们可要好好听她说说呀！"

"南原先生呢？"相良一问道。

"说是当上部长了。前任部长突然过世了……"

听了则子的话，相良一好像吓了一跳，愕然道："死了？已经死了？是那位部长吗？"

"从站台上掉下去，被电车轧了……"晴美解释说。

相良一忽然收起惊愕之色，脸上毫无表情，简单应了一句："是嘛。"

166

"相良同学，出什么事了？"则子小心翼翼地问道。

"没什么……"

"不要隐瞒，咱们约好了，在这里，什么都要跟大家伙儿说说哦！"

相良一稍微思考了一下，说："其实是……发生了一件像电影里演的那种事。"

"哎呀，那可要说给我们听听啊！"则子向前探了探身子说道。

村井敏江也到场了，不过看起来并不像打算马上开口诉说的样子。则子再一次催促相良一先说。

晴美隐隐约约觉得福尔摩斯好像并不安生，在屋子角落里来回走动着。它在干什么呢？也许福尔摩斯有不想被人打扰的时候，现在它根本不跟晴美对眼神。晴美决定暂时放任它。

相良一把室田淳一和那四个少年打架的事讲了一遍，众人听了颇为感叹。

"我是赢不了他了！我当时就是这么想的。"相良一说。

则子微微点了点头。

这次打架事件好像对相良一产生了正面影响。每个人都有各自的过去，每个人生下来就注定了将有怎样的成长轨迹。要想充分理解这一点是需要契机的。相良一好像多多少少抓到了这个契机。

"然后呢？又发生什么事了？比如很可能被那四个人打击报复什么的？"晴美问道。

"别说了！"相良一皱着眉头，"这种话，我光是听听就会出冷汗！"

"抱歉！"晴美笑着道歉，大家也跟着笑了。

则子看到相良一本人也跟着笑，不由得吃惊了。能在他人面前承认自己的缺点，这是需要拥有一定自信的。

相良一正在重建自信——这么一想，则子感到很开心。

村井敏江虽然也一起笑，但笑容很快就消失，归于消沉。

"村井太太，发生什么事了？上次您还一个劲儿地高兴。"

村井敏江稍微顿了一下，回应道："什么？"她好像刚刚回过神来，"对不起，我一直认真听着。虽然在听，可是……"

"没关系，说说您的事吧。"

"我……"村井敏江叹了口气，"我只想哭！我不行了，真的想哭！"

则子沉默了。她知道，这个时候不能催促。则子知道敏江是想诉说的，此刻不能打扰她。

　　"我老公……"敏江的语气像含了铅，沉甸甸的，"他知道了。他知道了我和濑川的事——我早就知道迟早会这样，可是，竟然没有提先想好一旦有必要该怎么辩解，也没有想过用什么办法尽量隐瞒……"

　　敏江像是在自言自语。

　　"你去哪儿了！"

　　很意外，今天丈夫先回到家了。

　　敏江根本没想到会发生这样的事，一时不知该怎么回答。

　　因为敏江不是那种遇到这样的场合张口就能扯谎的女人。

　　"你回来得好早啊！"敏江说着放下购物袋，"我去特卖场看了看，就回来晚了。而且，老公，你从来没在这个时间点回来过……我这就去准备晚饭。"

　　敏江说完就要去厨房。

　　当时是晚上七点刚过。对平时不超过十点不进家门的村井贞夫来说，这样的早归的确一年到头未必会有一回。

　　敏江急急忙忙来到厨房，把买来的菜肴用微波炉加热。

　　她今天去跟濑川约会了，不知是第几次了。

　　只要做过一次，接下来就简单了。濑川是做编辑的自由职业者，白天的时间可以自由掌握。

他们在宾馆里匆匆结束。尽管时间短暂，却让她感受到比跟自己丈夫在一起十年来还要多的欢愉。敏江不后悔。

"对不起！"

还是先道歉吧。毕竟对方是那种会因为一页报纸被抽掉就动手的男人。这次是他回到了家而敏江竟然没给他准备好饭，可不得发狠了？这么想着，敏江不由得笑了。

"什么事这么好笑？"村井贞夫问道。

"啊，没什么……不是笑你。我难道连笑的权利都没有？"

就这么无意中顶了句嘴。

饭盛好后端给他，村井贞夫一口气吃完了。吃完一碗，也不吭声，只把碗递给敏江。

敏江给他盛了第二碗饭，问道："怎么肚子这么饿？"

"我在攒力气。你也吃吧！你肯定累坏了吧，在宾馆里那么卖力。"

敏江瞬间僵住了。

好像知道这一天迟早会来。

是的，怎么可能长久呢！那样幸福的事不可能永远持续。

"你说话呀！"

村井贞夫好像没有生气，不过他这样更让人恶心。他好像在戏弄老鼠的猫，乐在其中。

"我能说什么？不就是挨打吗！来吧！"

"你这是什么态度！"村井贞夫像是要把嘴唇生生扯开般笑着，"跟那个叫什么濑川的家伙上床就那么高兴？"

敏江吓得脸都白了——她知道丈夫绝不会轻易放过濑川。

"求求你！不要伤害他！是我错了，不怨他！"

"真傻啊，你这个人！"

村井贞夫站起身，从扔在地板上的公文包里抽出一只大号信封，"砰"的一下扔到饭桌上。

"你看看里面的东西！"村井贞夫说完，继续吃饭。

敏江从信封里掏出一沓十几页文件，还有几张照片。

照片上的人是濑川和敏江。有两个人约在咖啡馆的，也有挽着胳膊在街上走的，还有两个人走进宾馆以及从宾馆走出来的情形。

看来他都知道了！

"没想到你还挺上相的！看起来比真人要好看得多！"

"老公……你特意请人查我？"

"对，我就是想看看你大吃一惊的表情！怎么样？我的礼物不错吧！"村井贞夫笑着说，"文件你也看看！"

"没必要了，我不会抵赖不承认。"

"那是当然，我都有证据——不止这些！"

敏江一直盯着丈夫。她觉得丈夫好像还知道些别的。他手里握着能更狠地伤害她、让她更痛苦的毒药。

"我不知道濑川那家伙当着你的面是怎么说的，他其实挪用了公司的钱，被开除了。"村井贞夫讲道，"他老婆当然早跑了，他现在是一个人过日子。然后碰巧你出现了——你的出现对他来说真是幸运啊！都是你在出钱吧？开房的钱、吃饭的钱……我说得不对吗？"

"是，但并不是他让我付账我才付的，是我愿意出钱。"

"即便如此，自己吃掉的那一份应该自己付钱才对吧？是个男人的话！"村井贞夫说。

"这跟你没关系！怎么付账是我的自由。"

"你的自由？用我挣来的钱给那家伙买单是你的自由？"

"你要是为这个生气，我用自己的存款还给你好了！"敏江回嘴道。

"敏江啊，没想到你竟然笨到这种程度！你真的不知道自己受骗了？"

"你不要说得这么绝对。那个人……确实失业了，也没钱。但是我爱他！我喜欢他！他不像你这样冷漠无情！"

敏江自己也吓了一跳。

她没想到自己会对丈夫说出这样的话！

村井贞夫无声地笑了笑，说："这里还有一份文件。你看看吧！"

说完站起身来。

"够了！你又想给我看什么！"

"看看这个！"

村井贞夫从信封里掏出来朝敏江扔过来的还是照片。

是濑川——他穿的上衣和今天见面时穿的一模一样。

照片上是濑川和另一个女人，两个人站在一家夜总会的入口处。他们不是单纯地站在那里。那个女人双手钩着濑川的脖子，踮起脚尖，两人正在接吻。前前后后的情形，拍了好几张照片。

"这个女人正和那家伙同居。那家伙让这个女人到夜总会干活儿挣钱。他自己不去找工作，整天游手好闲。你要是不相信，可以去见见那个女人。"

敏江盯着照片。看了很久很久，像永远那么久。敏江把照片放回到桌子上。

"可以了吗？"

听到敏江这样问，村井贞夫感到疑惑。

"什么可以了？"

"饭，你还要再盛一碗吗？"

村井贞夫不知所措。

"啊……已经够了。"

"那我开始吃了。"

敏江给自己的碗里盛了满满一碗，以风卷残云般的气势吃起来。

村井贞夫一脸嫌弃地看着她的吃相，然后丢下几个字：

"我出去了。"

说完快步走出了家门。

听到大门发出很大的声响关上了，敏江才停下了狼吞虎咽，松了口气。

桌子上散乱放着那些照片，有自己和濑川一起的，也有濑川和那个陌生女人一起的。敏江伸出双手，把照片拢在一起，死死地攥在手里，眼泪止不住地流淌下来……

"打扰一下！"

负责接待的大冈纮子走了进来。

"老师……"

"什么事？"

则子说着站起身。

"那个……南原先生他……"

不等大冈纮子把话说完，就见南原走了进来。

"晚上好，抱歉打扰大家了！"

"没那回事，我们以为您今天晚上不会再来了，就……"

则子朝大冈纮子点了点头表示许可，邀请南原："来吧，您要不要坐会儿？"

"不了，我其实没有多少时间。"南原说着，走进房间。

"之前害得大家为我担心……真是特别感激！能在这里畅所欲言，说出心里话，对我的帮助太大了！"

南原像是变了一个人。他穿的衣服也不一样了。双排扣西服怎么看都是很适合担任重要职位者的服饰，连领带也跟之前的有云泥之别。

还有一个更明显的变化：他有了逼人的强大气场，让人深感"自信"这个东西竟然能如此明显地改变一个人的面貌。

"听说您当上部长了，祝贺您！"村井敏江说着，拭去眼角的泪水。

"谢谢……这件事情来得莫名其妙。嗯，毕竟上面的人对我有所亏欠，他们会好好重用我吧！"南原笑着说。

"很痛快吧？"相良一问道，"肯定很痛快吧！"

"是啊……嗯，反正没有感到不痛快。"南原点了点头，"笑到最后才是胜者。你也不要放弃哦！说不定幸运之神很快就会眷顾你了！"

"嗯……"

"我无论如何都想见见大家，当面说声感谢……"

南原环顾一圈，看了看每一个人的脸，然后说道：

"下次一定……"这时，他兜里响起"噜噜噜"的声音。

"抱歉！"南原从兜里取出手机。

"喂……啊，是我……嗯，我现在正要去找你。再过二十分钟就能到。你要帮我把人留住了呀……好嘞！"

南原把手机挂断装进兜里，站起身说道："那么，我接下来还要去个地方，失陪了！下次还请允许我再来看看哦！"

"好，下次再来……"

不等则子把话说完，南原已经快步走了出去。

"承蒙您多关照了！"

能听到他跟大冈纮子的寒暄声。

有那么一阵子，谁都没开口。晴美注意到福尔摩斯一直安安静静地坐在房间一隅，观看这一出"人间喜剧"。

南原终于当上了部长，成了极其普通、无趣的男人——这是在场每个人的感受。

他满怀遗憾、痛苦不堪的时候，是一个富有个性、无可取代的男人。然而当他成为公司高层之后，就成了与这里的每个人都隔着一堵墙的人……

"那个……总而言之，挺好的！"则子说，"南原先生一下子变得很年轻了！"

"没意思！"相良一说，"好没意思啊，他那个样子！"

对相良一给出的率直评价，谁都没有否定。

敏江觉得，由于南原的到来，自己的话被打断了，倒是件好事。因为她不知道自己是不是应该把话都说出来。

可是……可是我的遭遇过于悲惨了吧……我太可怜了。

敏江忽然感到有一道视线在看向自己。

那只猫，那只三色猫一直朝这边望着。那是一双不可思议的眼睛。在那双眼睛的注视下，敏江的心终于平静下来。

然而在敏江心中萌芽的某种东西没有因此被消除。

那是以前不曾有过的东西，是想把丈夫杀死的念头。

13　互发传真

"片山先生！有加急传真……"

听到这句话的时候，片山正在自己的位子上打瞌睡。令人不解的是，他竟然能听明白这句话的意思。

"我还真是个靠谱的人！"片山欣赏自己的这个优点。

"出什么事了？"片山摇摇头问道，顺势瞟了一下墙上的钟表，才知道现在是夜里两点钟。

"是指名发给片山先生的，是关于杀人的预告……"

"你说什么？"片山急忙一把扯过传真纸来看，只见上面写着：

晚上好！我可爱的义太郎！

你还在加班吗？注意不要感冒哦！

你要是抱着我，身体就暖和了，就不会感冒哦！

我的房间里有传真机。号码是××××–××××。等你给我回信哦！

你的

美加

看完传真，瞪着笑翻了的年轻同事，片山叫道："你！"

"片山先生，这不是好事儿吗！"说话的是石津，"咱们搜查一科能收到这样内容的传真，是社会安定的证明哦！"

片山像吃了臭虫那样苦着脸回到自己的座位上发牢骚："还不都是因为你？我们要留在这里加班！"

"对不起！"

石津在整理K电机公司调查报告上浪费了很多时间。

"不过，片山先生！"

"什么事？"

"你要不……回个信儿？"

"这种事要你管啊！你赶紧整理你的报告吧！"

"是！"石津摇了摇头感叹道，"真是的，一遇到涉及女孩的事，你的反应还是过激了！"

"你说谁呢？"片山气哼哼地说道。

这个江田美加……

现在的小孩都是怎么回事……自己的房间里就有传真机？我家里可没有。

片山伸了个懒腰，喝了一口冷掉的残茶，浓重的苦味让他的头脑一下子清醒了过来。

这时电话铃响了，片山顺手拿起听筒接听。

"哥！"

"是你？怎么回事！"

"有没有……收到传真？"

"你说什么？难道是你让她这么做的？"

"我觉得比起打电话，发传真更能表达心意。是不是写得很可爱？"

"哪里可爱？"片山拿起美加的传真，对晴美说，"你这家伙怎么还没睡觉？再怎么没工作也要好好睡觉吧！"

"别像家长似的唠叨。对了，我想跟你说说今晚在心理诊所发生的事。"

"啊，你又去了？"

"我听到了很有趣的事情哦！"

晴美把相良一和村井敏江的事分别挑重点大概说了一下，片山听了，问道：

"这也算是治疗效果？"

"就拿这个叫相良一的孩子来说，他通过向大家倾诉自己的事情，可以直面自己的内心了！"

"哦……什么声音？"

又收到了一封传真。

亲爱的义太郎！你不回应我的爱吗？那样的话，我这就死了，去到你身边！

美加

"发生什么事了？"

"没什么。"

片山抽出一张白纸，拿起一支签字笔，草草写道："小孩子早点儿睡！你妈妈会生气哦！要是明天上学迟到了，看你怎么办！"

"你稍等！"

片山对晴美说完，拿着那张纸走到传真机旁，把自己写的短信息发了出去。

"好了！"片山回到座位上，拿起电话继续："喂，然后怎么样了？"

"是福尔摩斯，好像对什么事情很在意的样子，就是那些发生在心理诊所的事情啦。"

"所以呢？杀死太川的并不是南原，因为那个时间段，南原正在某个熟人那里拜托人家给他找工作。"

"是吗？那么，还有谁有杀死太川的动机？"

片山嘲讽地看了看正勤勤恳恳地用食指戳打字机的石

津，说："你问石津吧。他写调查报告写了五个小时。"

石津"啪"地站起来。

"是晴美小姐吗？"边问边跑过来。

"怎么回事？你怎么知道？"

"我就是知道！我能闻到晴美小姐的味道！"

石津抢夺一般从片山手里要过听筒。

"喂！我是石津！晴美小姐，久疏问候！您身体好吗？"

"什么叫久疏问候！"

片山愤愤不平地抱怨。

这个时候，电话听筒里突然传来一声：

"喵——"

福尔摩斯的声音把石津吓了一大跳。

"对不起！对不起！我不知道电话那头是福尔摩斯大人！"

电话里传来了晴美的笑声。片山站起身，想走动一下。

当然，这里是搜查一科，另外几个同事都在。即便不在办公室里，也会有人在外面执行监视任务。

"真是岁数大了！"片山小声嘟囔着，拿手敲了敲自己的腰。忽然响起了"咔嗒咔嗒"声，是传真机接收到信号打印出来的声音。

诶……不会吧……

看到那眼熟的圆体字，片山叹了口气——真要命！这是要干什么啊！看来不直接打电话过去训斥她一顿不行啊！

打印完毕，"哔——"地响了一声。片山看了看四周，悄悄地把传真拿到手里，在附近找了个空位坐下来打开。

感谢回信！

知道您已经看过我发的传真，我已经很开心了！

对不起，害您担心了！明天学校放假。是真的哦！因为上个星期天学校举行了活动，要补休一次。

您猜猜我们举行了什么活动？叫学校创始人追思会，是在我出生三十年前就已经去世的人，我们该怎么追思他呢？

即便不明所以，大伙儿也都乖乖地听现任校长讲话，后来有一个人、两个人睡着了……最后差不多都睡着了。最后班主任老师把我们狠狠批评了一顿。

不过，听了校长的讲话，我才明白，其实我们校长根本就不尊敬那个创办了学校的人。说起来还受过人家的教育呢。我觉得没有人能热情地倾听谎言，所以大家听着听着睡着了也很正常。不过，这种事情当然谁都不会挑明啦。

我这是……都写了些什么啊！

片山先生跟这些事根本就毫无关系呀。

也许是因为我没有能倾诉的人吧。

现在，我父亲在纽约，走了好几个月。我的房间里之所以有传真机，是因为我父亲偶尔会给我发传真过来。

我母亲从昨天开始出去旅行了，跟朋友一起去四天三夜的温泉旅行。我不知道她是跟什么样的朋友一起去的。她有很多很多的朋友。

所以我现在一个人在家。我有没有跟您说过我是独生女？我并不感到寂寞。我习惯了。但不管在学校里遇到了多么有趣的事，我都没有能倾诉的人。

我想着等母亲回来就讲给她听，但等她回来的时候我肯定已经忘了。我有时候会为了不忘记而用笔写下来，但是当我想说的时候，母亲总是会一连两个小时都在打电话，根本没时间听我讲话……

对不起！您那么忙，我还让您读我写的这么多东西。

我要睡觉了。我不会再打扰您了。

晚安！

美加

读完这封长长的传真，片山犹豫了一会儿。看到石津还在跟晴美讲电话，他就从桌子上拿出白纸和签字笔，写了一封信，用传真机发送给美加。

如果再给我发传真，请发到另一个号码：××××-××××，这是内部使用的。你之前用的那个号码是外线号码，万一你有紧急的事要联络我，耽误了就不好了。

我读传真的时间还是有的。

时间还是有的？哎呀呀，这……片山与终于结束通话走回座位的石津擦肩而过。

"喂，晴美她说什么了？"

听片山这么问，石津回答说："啊，说晚安了，声音总是那么温柔悦耳！"说着，"嘿嘿"傻乐。

"是嘛……"

回去得问问她。片山摇了摇头，拿起太川的死亡调查报告读起来。

我竟然……这么能喝！

村井贞夫对自己的酒量颇为赞叹——喝了这么多，竟然毫无醉意。这种情况曾经有过吗？

　　然而，风很冷，刮在身上简直像刀割一般，仿佛灌入体内的酒精正好让身体由内到外冻了个透彻。

　　好冷……我却在步行。

　　其实叫辆出租车回去就可以了。然而我就是要步行。

　　行走在黑暗的道路上——寒风中的回家路显得加倍漫长。

　　村井心里明白自己是故意这么做的。

　　敏江会在家吗？好像说过今晚要去接受什么心理疗法或者叫心理治疗什么的。这件事她应该没有撒谎。

　　村井贞夫现在感到很后悔。虽然不合乎情理，但他现在因为自己把那个叫濑川的男人的事向敏江告发而感到后悔。

　　他并不打算折磨敏江让她痛苦而使自己获得快感。他根本就不认为事情会像电影中演的那样，敏江被他拆穿后会后悔莫及，道歉认错。

　　人们知道真相后，反而会恨那个让自己知道真相的人。

　　不过，算了，早晚都是要知道的。

　　这条路上连路灯都很少，很暗。马上就要过河了，当然是从桥上过。平时走过时根本没注意，现在忽然听到水声像是从脚下弥漫过来般响起，才意识到要过河了。

　　是的……听到水声了。

一辆车开过去，在车灯的照射下，一瞬间看到桥的影子浮现出来。没想到竟然这么近。

村井在桥上停下脚步。他越过桥上的扶手俯身向下看河水，只听到潺潺的水声传上来，河水沉入漆黑的夜色。

侧耳倾听河水流动的声音，对现在的村井贞夫来说，是让他安心的事……车灯忽然朝村井贞夫直射过来，照得他眯起了眼睛。

原以为车会很快开走，没想到竟然在离桥不远的地方停了下来——这是在干什么？能听到发动机的声音。

像猛兽发动攻击前发出的低吼般的声音。

车灯忽然熄灭了。再一次亮起来时，引擎发出巨大的声响开动起来。村井贞夫看到车灯朝自己笔直地照了过来——这是怎么回事？

几乎来不及思考，身体本能已经做出了反应。村井贞夫慌不择路，翻过桥上扶手，身体一跃就跳进黑暗中的河水里去了。车子"嘎吱吱"地擦着桥梁扶手开走了。

跳进冰冷河水的村井贞夫没有听到这些声音。

片山先生，谢谢！

发给这个号码，对吧？

我还没睡呢。女孩子睡前要做很多准备工作的。

我重新看了一遍自己先前发送的传真内容，感到好羞耻！请您把它撕烂扔了吧！

我一个人在家的夜晚会把家里的灯都开着。可以说是为了安全，但原因不仅如此。主要是因为，任何黑暗的地方，我都会感到害怕。

真的是怕得要死。我从没跟人说过这个，片山先生您是第一个呢。

今晚也是，我刚刚把家里边边角角的灯都打开了。包括洗澡间和卫生间里的。因为要一整夜都开着灯，我也觉得浪费电，但这样我会觉得好像有人在陪着我，就不觉得自己是孤单的了。

我看到亮着灯的客厅和起居室，好像妈妈也在家……

但是今晚没关系了。我看着传真机，感觉到另一端有片山先生在呢。

好了，这次是真的睡了，晚安！

美加

村井贞夫脑中一片空白，拼命抓住自己能触到的东西。所幸他抓到的是河边上岸用的梯子的一部分。

这虽然是连他自己都觉得难以置信的幸运事，不过在攀着梯子爬出来的过程中，他不觉得自己经历的是什么幸运事。

喝了河水，全身湿透，身体沉甸甸的。也许正是因为脑中一片空白，才得以爬上来了。

终于爬上了河岸，村井贞夫把喝进肚子的水向外呕吐。

他蹲在地上，身体动不了了。凛冽的寒风刮在他湿透的身上，像被刀子刺着。然而他心中的苦和痛何时能稍稍消解，只能交给时间了。

那辆车……那辆车是怎么回事？

那绝对不是自己的幻觉。那辆车是真的要撞向我呀！明明白白朝我撞过来！

到底是谁干的？

虽然脑海里马上想到是敏江，但她连开车都不会呢。那么……是濑川？

是敏江唆使濑川谋杀自己的丈夫吗？

这是一个可能性。不过好在自己逃过一劫。

回家……回家吧。这样下去会冻死在这里。

好不容易站起来。我还能行走吗？一步，又一步，试着迈开腿，虽然踉踉跄跄，但是好像还能走。

敏江要是看见自己老公这张脸，会是什么样的表情？

村井贞夫总算走回到原来的那条路上。

接下来应该……应该没事了吧。

迈开步子的村井贞夫被一辆车的车灯从正前方照着，他停下脚步。

车灯的一边是破碎的。

村井贞夫站在那里动不了了——怎么也动不了。

那辆车露出獠牙朝他冲来。

敏江忽然抬起头。

"老公？"

大门口好像有什么声音。

也许是心理作用。

敏江在厨房里趴在餐桌上睡了一会儿，站起来的时候有点儿头晕。

她到大门口看了一下，丈夫的鞋并不在家。也就是说，人还没回来。

门外隐隐约约听到好像是人的脚步声。

敏江喊道："老公？"

她穿上拖鞋，打开了门锁，推开了大门。

冷风吹进来，门口没有人。不过——脚底好像掉落了什么东西。

门牌？门牌怎么会掉下来……

敏江蹲下身，捡起门牌，就着门口的灯光看了一眼，心里"咯噔"了一下。

门牌上写有"村井贞夫　敏江"，其中的"贞夫"被类似红色签字笔那样的东西涂掉了。

美加你好：

我也要回家了。

我家里有妹妹和猫咪在等着我。啊，不……也许她们并没有特意在等我，总之有她们在我身边。

希望你母亲早点儿回家啊！

片山义太郎

14　光中人影

瀨川走进提前约好的咖啡店，看到敏江已经到了，露出放心的微笑。

"呀！挺早的！"说着坐了下来，"离约好的时间还有十分钟呢！"

"是啊，我前面的事情结束得早了些。"敏江说。

"是嘛。我这边也是，采访工作结束得比较早……要不咱们这就去……"说着就要站起身。

"这就走了，对店家不太好吧。"

"啊……说的也是啊。"瀨川说完，换了一副兴味索然的声调说："来杯咖啡吧。"

"混合咖啡可以吗？"为他端来冰水的服务员问道。

"混合的，这种便宜些，对吧？嗯，就要这种。"瀨川长长地舒了口气，问道，"怎么了？看起来无精打采的。"

"我睡眠不足，已经两三天了。"

敏江说着，打开手包。

瀨川赶紧调整了身体坐姿说："不好意思，真的是……"

192

说到这里，看见敏江取出来的是化妆用粉饼盒，濑川把话咽了回去。

"人累了，连粉底都搽不好呢。"敏江轻轻地拍着自己的脸，"今天我挺忙的，这就得赶紧回去。"

濑川露出一副扫兴的样子说："是嘛……真遗憾！枉我那么期盼着！"

"对不起！"

"不……没事的。反倒是你，百忙中还特意抽出时间来见我，我感到很开心！"

"你这么说，我心里轻松多了。"

"客气什么，我说……我们谁跟谁呀，咱们之间什么话都能轻松诉说的，对吧？"

"是啊！"

濑川清了清嗓子，说道："那个……前些天说的那件事……"

"头疼药，你带了吗？"

"什么？"

"百服宁什么的……我因为睡眠不足，头疼。"

"啊……那个，我现在手头……"

"算了。我只是随口问问。"

敏江叹了口气。濑川面前的咖啡已经端上来挺长时间了，但他一口都没喝。敏江看了他一会儿，说："我该走了。"

"喂！敏江……你是不是忘了今天是来干什么的？你昨晚不是……在电话里说……"

"哎呀，可不是嘛！真讨厌，上岁数了，变得爱忘事了！"敏江笑着说。

濑川擦了擦汗，说："太好了！我还以为你真的忘了呢！"

"怎么会呢！你不是说不弄到点儿钱不行嘛。"

"啊……不是……我是真心觉得非常对不住你！"

濑川死死地盯着敏江从手包里往外拿信封的手。

"运气不太好呢！"

"是啊！真的是……运气太差了！就是运气差！不过你放心，我肯定会东山再起！到时候，我肯定会娶你！"

"太开心了……跟我说这话的人，只有你！"

敏江把信封放到桌子上。

"抱歉，那，我就借走了！我肯定会还你！"

"你要好好查一下里面的东西呀！"

"可是……"

"这种事，还是要好好查一下嘛！"

"好吧！"

濑川把信封里的东西取了出来。

敏江气定神闲地一直看着濑川。信封里装的是濑川和与他同居的女子在夜总会门前拥吻的照片。

"敏江……"

"这不是我请人拍的,是我丈夫他……"

"这样啊!你应该很生气吧!不过这个女人什么都不是!她只是我以前经常去的那家夜店里混熟了的姑娘。我们只是闹着玩做了这样的动作。这种事也是时常发生的吧!"

"你们同居的事怎么解释?"

濑川懊丧地掏出烟,点上火。

"你听我说……"

"客人您好!我们这里是禁烟的!"

听了服务员的告诫,濑川颇为不悦地说:"我知道!我很快就离开!"

敏江笑了,说:"真可怜!你被那样的人吃定了也没办法呀!"

"敏江!我是听信了你电话里说的话才赶过来的。我今天不弄到一点儿钱的话,后果不堪设想。我说,这个事情呢,我回头会给你一个解释,什么也别说了,现在先借我点儿钱,多少都行!"濑川浑身发抖。

"算了吧!你再说下去,我就太凄惨了!"

"你不要这么说呀！那种走投无路的的状态，你根本想象不到啊！"

敏江缓缓地摇了摇头说："真是难以置信！曾几何时，你是那么有魅力！"

敏江说完，特意加了一句："我呢，没有什么要说的。不过，倒是有人说了要找你谈谈。"

"诶？"

片山和石津站到了濑川的身边。

"你是濑川朋哉先生吧？我们是警察。"

"我……"

濑川说着要站起身来，不过被石津按住了肩膀。

"村井贞夫先生被杀害了，你知道吗？"

片山在村井敏江旁边的座位上坐下来问道。

"村井……他是……敏江的丈夫？我不知道！我怎么会知道！"

"是被车撞的。"

"那不就是……交通事故吗？"

"被撞了多次。很显然，打一开始就要杀人才那么撞。"

"是嘛……那就请节哀顺变吧……"濑川赌气般地说。

"三天前的晚上，你在哪里？"

听到片山这么问，濑川的脸色变得苍白。

"请不要这样！您不会真的认为是我……"

"可是您看，您和他太太有着非常亲密的关系，而且您还有金钱方面的麻烦。如果村井先生死了，您就可以从他太太手里借到更多的钱……"

"绝无此事！我怎么会干那种蠢事……我和敏江只不过是两个成年人之间的关系。虽然确实去宾馆开过房……玩玩而已！我不是要来真的！还去杀死他丈夫……无稽之谈！"濑川的额头冒出汗来，"敏江！你快帮我说说话呀！我什么时候说过要做那样的事？"

"至少有那么一段时间，我真的想过要跟你一起逃走……不过你打从一开始就根本没有那种想法吧？"

"那不是明摆着的嘛！你不年轻了。照照镜子吧。你难道真的以为会有哪个男人为你着迷？"

敏江的脸色慢慢变得苍白，没再开口说话。

"石津，你把他带回去慢慢问话！"片山说。

"好！来吧！"

被石津一把捉住衣领的濑川慌忙站了起来，说："请等等！请你们放了我吧！要是看到我被警察带走……那些找我要债的家伙会怎么想啊！"

"那是你的事，我管不着！"

石津不容分说，把濑川带了出去。片山捡起掉在地上的香烟，对正好端着烟灰缸走过来的服务员说："真抱歉啊，把地板弄脏了！"

"没关系！"服务员微微一笑说道。

片山又对敏江说："让他受点儿惊吓对他有好处。不过，我认为杀害您丈夫的不是他。"

"是的，我知道。他不是有那种胆量的人。"敏江点了点头，然后从手包里取出一个用布包着的门牌，对片山说："请您看一下这个东西！"

片山看到门牌上"贞夫"二字被红笔划掉了。

"这是……"

"我想是我丈夫被杀死后，不知是什么人做的。"

片山面色肃然，朝电话机跑去。

"你是室田同学吧？"有人从事务室的窗口招呼道。

正要跟相良一往外走的室田淳一停住了脚步，问道："您有什么事？"说着朝窗口走去。

"是这样的，听课费方面出了点儿问题，只要五分钟就能解决，你能在这里等一会儿吗？"

一个戴眼镜的男人从窗口里面对他说。

"可以啊。"室田淳一答应道，"我只需要在这里等着就行了吗？"

"嗯，正在重新计算。抱歉啊，电脑输入的时候出现了错误。"

"没事。"室田淳一对相良一说，"要不，你先走吧。"

"接我的车来了我就走。在那之前我会在大门口等你。"

相良一挥了挥手，匆匆地走出了楼道。

室田淳一想着，干事务工作的人也很不容易呀，而且晚上更忙。话虽如此，到了这个时间，窗口拉上了窗帘，也许里面还有人留下来忙碌吧。

要说星期天，岂止是照常上课，就连平时来不了的学生也会在星期天一窝蜂似的跑来参加集中授课，而且定期举行的实力测试也都定在星期天。测试结果两天后公布，然后为了下一次测试而出题。

刚才在窗口那里看到的那个人看起来也是一脸疲惫。

大家都很累——老师累，学生累，教辅人员累。对了，家长也很累。

家长的累不仅仅因为要来接送。听说有些家庭为了支付这里的费用，母亲会到夜店打工。这里的学费可不便宜。

大家都这么努力，到底谁会感到幸福？

室田淳一随便走走，无意间走进了成绩展示厅——他根本不想看自己的成绩。

淳一始终不能相信，竟然会有人觉得为了测试成绩而互相视为竞争对手、关系恶化到平时不说话是理所当然的。他认为成绩和同学关系是两回事。大家为什么不这么想呢？

"好慢啊！"淳一自言自语。

其他学生好像都已经离开了，周围一片寂静。

这时，房间里的灯熄灭了。淳一不知所措。

"喂！相良同学！"

相良一在大门口等着室田淳一。路过这里打招呼的是教英语的老师，是这家机构的专职教师。

"晚上好！"

"就你一个人？"

"我妈妈会来，开车来接我。而且我顺便在这里等室田同学出来。"

"室田同学？他在里面干什么呢？"

"事务室的老师说找他有点儿事。"

老师觉得很诧异，说："事务室的老师早就关门走人了！而且今晚是轮到我值班查看门窗关闭情况。如果里面还有人没走，那就糟了！"

"可是……"相良一回头一看发现里面都黑了，心想："不好！"他一下子脸色煞白，拉着老师的手喊道："您跟我来！"

"喂，你……"

相良一快步跑进去。

"老师！快开灯！"相良一大声喊着，"淳一！淳一！你要小心呀！"

一边喊一边跑进楼道里。

"啪"的一声，灯亮了。室田淳一靠墙站着。

"淳一！"

"你快跑！"淳一喊道，"有危险！你快跑啊！"

相良一看到室田淳一紧紧按住的侧腹部隐隐有血浸透出来，吓得屏住了呼吸。

"老师！快来！"相良一大声喊道，"快呀！快叫救护车！"一边喊着一边扔掉书包，朝室田淳一跑了过去。

"傻瓜！你快离开这里！"

室田淳一双膝跪地，蹲伏着倒在地上。

"淳一！"

"你快离开这里！"淳一沙哑着声音说道。

相良一看到了那里站着的那个男人——应该说，是一个背对灯光站着的身影。

"你这混蛋！"相良一忘了害怕，喊道，"我要杀了你！"说着朝那个男人的方向冲过去。

"停！"那个男人制止他，"你这是为什么呀！"

老师跑了过来。

那个男人推开了相良一，一溜烟儿地跑过走廊逃走了。

"红色签字笔？"晴美问道，"怎么了？"

"我为这个而来。"片山坐在剧场的观众席上望着舞台。

"那张海报……就是用红色签字笔改写主演姓名的！还有，有田死了，村井贞夫被杀了，他家的门牌也被红笔改过了。很难相信这些事只是巧合。"

"可是……如果是同一个人干的……"

舞台上，野上惠利和丹羽诗织正在配合着对台词，福尔摩斯蹲在沙发上"参与"演出。

"这个时候，猫咪打个哈欠！"

黑岛刚说完，福尔摩斯真的打了个哈欠。

台下响起一阵骚动，拍照的闪光灯亮个不停。

"什么情况？"

"是媒体参与的公开彩排。"晴美解释说，"要是福尔摩斯成了明星，我就成立工作室，当经纪人！"

"我说你……"

"开玩笑的啦！你觉得福尔摩斯会干这种事吗？"晴美接着先前的话题，"你说，如果是同一个人干的……"

"加上太川被杀案，已经死了三个人。考虑一下这三件事的交叉点……"

"那家心理诊所？不会吧！"晴美吃惊地瞪大眼睛。

"你想想，太川死了，南原就当上了部长；村井贞夫死了，敏江就从丈夫的压迫下解放了……有田的死，应该不是犯人的真正目的。你想想海报上被修改的名字是谁？"

"是惠利！如果惠利死了……"

"那样的话，丹羽诗织就拿到出演主角的机会了。"片山点了点头接着说，"这些事情，都是为了根除心理治疗室里互相倾诉的烦恼。"

"可是……谁会干这种事？"

"要是知道是谁干的，我还在这里干什么！"

"那倒也是。"晴美说着，忽然惊呼起来，"那个孩子！相良一的竞争对手……"

"我知道。已经派石津到那家培训机构去了。"

晴美看向舞台，思考着问道："怎么会呢……对他们产生同情是有可能的，谁会为了别人而去杀人呢？"

"谁知道呢！世间的人各种各样，有个别那样的人也不足为奇。"片山说。

"吧嗒"一声，是舞台后面的门被打开的声音。

"请保持安静！"黑岛大声怒斥道。

"是石津先生！"晴美站起身来招呼，"在这里呢！"

石津跑了过来。片山看到他这个样子，就知道肯定有事情发生了。

"片山先生！"

"是那个孩子吗？"

石津点点头说："那个叫室田淳一的孩子在补习班被人持刀袭击了！"

"然后呢？"

"叫了救护车送往N医院。听说没有刺中要害部位，但是流血……"

"走！"

片山一行急急忙忙地刚要往外走，只听"喵呜——"一声，福尔摩斯势不可挡地奔过来了。

15　入侵

　　车子靠近K大楼前停了下来。

　　岩井则子正要打开车门下车，田口说："外面很冷！哪怕顶不了多大用，也要把领口部位好好弄暖和了再走。"

　　"说的是呀！我差点儿忘了……"

　　则子把大衣扣子系好，把松开搭在一边的披肩轻轻地绕到脖子上。

　　"跟你在一起，我都忘了外面有多冷！"

　　则子说着，轻巧地从副驾驶座探出身子吻了他一下。

　　"真是抱歉，今晚……"

　　"没办法呀，出了急事嘛。"田口说着，朝她微微一笑，"我先回公寓。如果你回来得早……"

　　"我会联系你的！"则子说，"不过我不知道要花多长时间，连到底发生了什么事也还不知道呢。"

　　"是警察吧，那个姓片山的人？"

　　"是的，希望不是发生了什么令人郁闷的事……"则子说着，手与田口的手紧紧地握在一起，"那……我走了！"

"嗯！"

则子打开车门下车。

"风不是很大……再见！"则子轻轻地挥了挥手，"你开走吧！"

"你要注意别着凉了！快进去吧！"

"不嘛……等你的车开走看不见了我再走。"

田口笑着关上了车门，发动引擎。

则子继续挥着手。田口当然不可能回过头来看她。她只看到他的左手轻轻地挥了一下。

好了，走吧！

则子朝着K大楼那边挪动了脚步。

其实今天并不是则子要到心理诊所上班的日子。然而片山晴美联系她说，希望她"能把大家紧急集合起来"。

总而言之，既然说是性命攸关，则子没有理由不按晴美说的去做——原本今晚说好了要和那个同住一栋楼、叫田口的男人约会，但事出突然，也没有办法。

急急忙忙向夜间入口走去的时候，则子忽然意识到自己不太在意天气寒冷了，她为自己的这个变化而大吃一惊……不，也许说"感到震惊"更合适。

"跟你在一起，我都忘了外面有多冷……"说出这种十几岁的女孩才会说的话，则子自己都感到很吃惊。

则子知道田口丰比自己要年长很多，快四十岁了，还离过婚。然而即便如此，这些都不妨碍自己对他着迷。

着迷……是的，则子的的确确对田口着迷了。

其实彼此一直离得很近，这件事真奇妙。两人住在同一栋楼里，还曾经碰过几次面，但并没有任何异样的感觉。一旦关系发生变化，用另一种眼光看对方的时候……

也许所谓恋爱就是这样吧。

则子邀请田口到自己的房间过夜了——她觉得自己好像是第一次感受到爱情的喜悦。

把手放到夜间入口的门把手上，正要打开走进去，突然听到有脚步声朝这边跑过来。

"喂！请等一下！"一个年轻女性的声音喊道。

"诶？"则子回过头，看到一个喘着粗气的年轻女人站在那里，大约二十四五岁的样子……

"您是……"

"那个……您刚才是坐车过来的吧？"

则子感到迷惑不解。

"是啊……怎么了？"

"您是和田口先生一起的吧，和田口丰先生。我是……

在田口先生手下工作的人。我负责事务方面的工作。"

"是吗？不过您找我有什么事？"

"您是田口先生的恋人吧？"

则子回答不上来。

"这……关系到个人隐私，我不认为自己必须回答。"

听则子这么一说，那个年轻女人急道："不是的！这件事对我来说很重要……应该说是很严重！"那个女人顿了顿，像是下定了决心，接着说道，"我和田口先生相处一年多了，但是最近他突然对我冷淡了……我才意识到他可能有了别的喜欢的人。"

"你等一下！田口先生是单身哦！他想和谁在一起是他的自由吧？"

"当然……这个我懂。"那个女人稍稍垂下眼帘，"如果是我一个人哭一场就算了的事，也就认了。原本我就知道他是很受女人欢迎的男人，我是在明白这个情况的前提下跟他相恋的。"

"那个……我要赶时间。我还有工作要处理，这件事回头找个时间再说。"

则子说着朝楼内走去。

"我不能跟他分开！"那个女人喊叫般大声说，"我肚子里有田口先生的孩子！"

则子缓缓转身。

"啊，老师，晚上好！"

值夜班的保安中林从值班窗口伸出头来说。

"哎呀，今晚也是你值班？"则子一边摘下披肩一边说。

"嗯！其实今晚是轮到另一个家伙值班，不过他突然联系说'我要约会，快来代班'。您猜猜他是怎么说我的？'反正你闲着没事'……真是个失礼的家伙！太过分了！"

看到中林气哼哼的样子，则子笑了。

她填写完访客登记簿，说："我是来得晚了。那么，还能给我们开暖气吗？如果可能的话……"

"好，当然！我已经打开了。"

中林一边把随身听的耳机戴到头上一边回答。

"谢谢你！帮了大忙！"

这是真心话……在身心都几乎冷透的时候，这样做很有用。至少把房间弄暖和些吧……

乘坐电梯到了第八层，则子看到S心理诊所的门已经开着，房间内透出的灯光照到早已熄灯的楼道里。

"老师，您辛苦了！"负责接待的大冈纮子走过来接过则子的大衣，挂到了衣帽架上。

"大冈女士，您今天这个时候来没关系吗？"

"片山小姐特意嘱咐我，说希望我也在场。"

"噢，是嘛。到底会是什么事呀？"

对则子来说，这会儿倒是希望发生点儿什么新鲜事。

"晚上好！打扰啦！"

片山晴美带着福尔摩斯也到了。

"出什么事了？"

"是啊！那个……其实是我哥要找大家有点儿事情。"晴美说。

进入房间，丹羽诗织、村井敏江和相良一都坐在里面了。

"我也联系了南原先生，希望他能来一趟。"晴美说。

"您哥哥他……"

"现在应该正在往这边赶来。很快就会到。"晴美看了看手表说，"不过，老师您应该什么都不知道，我先把事情简单说一下。"

"好啊……"

则子的确一点儿都不知道发生了什么事。警视厅的警察特意嘱咐她把自己负责的病人召集在这里，事情不会小。

在经常坐的椅子上坐下后，晴美把事情的梗概大致说了一遍。当然，这些事对则子来说，确实有点儿难以置信。

"请等一下！"

说话的是则子，她不知道该如何消化这些消息，"也就是说，除了那个叫太川的，还有别的人也被……"

"村井敏江女士的丈夫被杀，室田淳一同学被人持刀袭击，还没脱离危险状态。"晴美接着解释说，"除了这些，把剧团排练场被烧也考虑进来，那种用红色签字笔把什么东西加以订正的事已经发生三回了。这些应该不是偶然巧合吧。"

"可是……"

用红色签字笔订正什么，这种事从来没有公开过，所以知道这一点的只有犯罪分子本人。

则子受到冲击，一时半会儿说不出话来。

"怪我，"相良一有气无力地说，"淳一是因为我……"

"你不用担心！"晴美轻轻地拍了拍少年的肩膀，"淳一同学一点儿都没有怨你。如果你这么自责，就太对不起淳一同学啦！"

相良一有点儿迷惑地看着晴美说："还可以这么想啊……"

说完，仿佛放下心来。

"对！你看，年长的人考虑事情还是比较妥当的，对吧！"

福尔摩斯"喵——"了一声，好像在嘲笑晴美。

前台的电话响了，大冈纮子接听完，马上走进大家所在的房间说："晴美小姐！是您哥哥打来的电话！"

"来了！"

晴美飞奔过来接过电话："喂！你在干什么呢！大家都已经到齐了……是嘛，好。我转告他……好，你快过来啊！"

晴美回到房间，告诉大家："室田淳一同学的命保住了！"

"太好了！太好了！"

则子看到相良一听到消息后高兴得跳起来，大吃一惊。她从来没想过相良一也能这样表达自己的情感。

而且相良一哭了。他甚至没有擦掉自己缓缓落下的眼泪。

回到前台，大冈纮子用座机给家里打了个电话。

平常她是绝不会把单位电话用于私事的，但今天实在是没办法了。

"喂！"

"啊，妈妈？"聪子接起了电话，"我听到了你电话里的留言。"

"是嘛，抱歉啊，我这边出了点儿急事。"

"没事的，这不是常有的事嘛。"

"话是这么说……我会尽量早点儿回去的。"纮子压低声音，像是不经意地加了一句，"你要留心哦！"

"好的！"

听到聪子的声音，纮子好像稍稍放下心来，轻轻地挂上了电话。

聪子挂断了母亲打来的电话，走到窗边，把窗帘稍微拉开。对面的路灯下站着一个竖起大衣领子的男人。是警察。

虽说他们肯定要换班，但这么冷的天气，站在室外执勤，这份工作是够辛苦的。

聪子独自吃完了晚餐，决定先去浴室洗个澡。

她不想让妈妈觉得她连澡都没洗，一直在等着妈妈回来。与其说聪子不想这样，倒不如说是她妈妈比较在意。

加上明天还要早起上学，她不能太晚睡。

聪子走进浴室，快速刷洗了一下浴池就开始往浴池里注水——大约需要十分钟注满。

回到起居室，打开电视，有一搭没一搭地边看电视，边翻着晚报。虽然妈妈什么都没说，但因为川北还没被抓到，她当然会很担心。如果妈妈知道聪子已经跟川北见过面，恐怕会晕过去吧。还有片山先生，那么用心地安排了警察来保护她（这样做也是出于抓捕川北的工作需要），聪子一点儿都不担心。

其实，说实话，那天在剧场与川北单独在一起的时候，即便记忆中从来没有见过面，但毕竟是有着血缘关系的亲生父亲，还是会有某种东西打从心底里萌生出来……

如果说是期待，就有失严肃，但聪子多多少少曾有过这样的想法：对自己这种颇具戏剧性的人生境遇感到享受……然而那天川北在身边反复跟她强调"我是父亲呀"之后，对聪子来说，除了"别人家的叔叔"这个身份以外，他什么都不是了。

聪子为此还有些失望，同时也松了口气。这样一来，她就不必感到对不起母亲了。

一想到自己是靠母亲一个人当护士抚养长大的，事到如今再把那个叫川北的人当父亲，这个想法真是太荒谬了……

聪子站起身，又一次看了看窗外。

原本站在路灯旁边的身影不见了。

警察叔叔去哪里了？聪子对此并没有多想，而是打算开始洗澡。她把正在往浴池里注水的水龙头关掉，开始脱衣服。

哎呀，洗发水……用完了。

好像是买了新的回来，记得是买了……聪子穿着小裤衩走到厨房，打开壁橱看了看。

"啊，太好了！"

聪子这个年纪的女孩，不管是洗发水还是护发素，会执着于选择适合自己的品牌。

拿着新买的洗发水正要回浴室。

"嗨！"

川北打招呼道。

聪子本能地把两条手臂放到胸前遮掩，身体朝后退。

"在爸爸面前没必要害羞吧！"川北笑着说，"哎呀，都长成大姑娘了！"

看着脸色惨白的聪子，川北穿着大衣在椅子上坐下来。

"帮了大忙！那个警察的大衣尺寸跟我正好合适。我以前比现在更壮实呢……"

聪子拼命想让自己冷静下来——警察叔叔被干掉了！

怎么办？不过自己现在这副样子是什么也干不成的。

"我想……穿件衣服。"聪子说。

"当然可以。是准备洗澡吧？我可以等你洗完澡哦。"

"不用……"

"也许先把事情办完了更好。那么，你去穿衣服吧。"

"好……"

"你不要逃跑哦！"川北说，"这个东西也是从警察身上弄到的。"说着，"哐当"一声，把一个东西放在了餐桌上——是手枪。

聪子只能按他说的去做。

这个家很小。如果偷偷打电话，很快会被发现。

穿上衣服返回时，看到川北在起居室里摊开晚报在看。

"你……打算干什么？"聪子问道。

川北收起晚报说："当然是去见见你妈妈。"

16　隐瞒之罪

"抱歉，让大家久等了！"

片山轻轻地点了点头打招呼。

"你太慢了！"

晴美瞪着眼睛朝哥哥埋怨。

"我这还是急急忙忙赶过来的呢！"

"片山先生，我……"石津站在入口处欲言又止。

"你在前台旁边等着我就行。"片山喘了口气问道，"南原先生呢？"

"应该很快就到……"大冈纮子还没说完，就听到"踢踢踏踏"的脚步声传过来。

"哟，不好意思来晚了！"

是南原。

"让您百忙之中……"

片山刚开口，南原就打断了他：

"不客气！其实呢，刚才正在参加宴会，我是偷偷跑出来的。所以我待会儿就得赶紧回去呢……"

说着，他脱掉大衣，一屁股坐在沙发上，翘起了二郎腿。

整个人的言行举止与以前的南原判若两人。

"说吧！您是……有什么事？"

片山把接连发生了几件案子的事向他说明了一下，然后问道："太川部长遇害的时候，你有没有收到过像是这件事会发生的暗示？"

从南原的表情可以看出，他应该想到了什么，却又难以置信："完全没想到，会是这样的事……我根本没当作一回事。"他从上衣兜里掏出名片夹，"从我家大门口塞进来这样一封信。"

片山接过来打开。

"勘误表……是用打字机打出来的字迹。"

晴美也凑过来看，福尔摩斯同样盯着信看。

"这里填写的'误'是'太川部长'，'正'是'南原悟士部长'……简直像是对一本书的订正啊。"

那张纸在每个人的手里传了一轮。

南原把当时发现这封信的情形讲了一遍，说道："因为当时我刚刚被武村社长找去谈话，心里还琢磨着会不会是公司里总务科的家伙干的呢……当时实在想不明白，心里又放不下，就随身携带着了。"

　　"真是想不明白呀！"则子讶然道，"怎么会发生这样的事情？这意味着犯罪分子对我们这里谈话的底细了解得很清楚呀！"

　　"看起来是这样！"

　　片山对则子的判断予以肯定。

　　"可是……我们在这里的谈话绝对没有向外人泄露过。"则子说，"这是我的义务，我绝对没有跟任何人说过。"

　　"我也觉得不可能是您泄露的。"片山点点头，"那……"

　　南原耸了耸肩说道："你的意思是，犯罪分子就在我们当中？好极了！我真想向他表示感谢！就我而言，这样做让我终于得到了原本就应该属于我的东西，但并不是我本人下手哦！"南原说着，逐一扫过其他人的脸，接着说道，"你呢，村井太太？丈夫过世后，你的日子就好过了，还能另觅新欢。相良同学也得以重返成绩榜榜首，受人赞羡。我们每个人不都是这样期望的吗？"

　　村井敏江与相良一互相对视了一眼，仿佛是两个思想成熟的大人之间的对视。

　　"我丈夫……也许真的是一个特别差劲的人……"敏江缓缓开口道，"我也不爱他，可是……这种情感与希望他去死是两回事。我只要跟他离婚就可以摆脱了。只不过，我缺乏向他提出来的勇气……是我自己没有下定决心要一个人过，我丈夫也一样，他对我应该也有种种不满意……"

"我也想通了，当不当第一名其实无所谓。"相良一说道，"人的一辈子很长。一辈子都高居榜首这样的事是根本不可能做到的。"

"是这样啊……这么看来，接受'订正'的结果并深感满意的，只有我一个人了……啊呀！"

南原的手机响了，他从兜里取出来接听。

"你好，我是南原……啊，我现在就赶回去……嗯，后面的安排就……喂？喂！"

手机里响起了杂音，南原咂了咂嘴，挂断电话重新拨打。

"喂！是我！能听到吗……混账！"

这时，福尔摩斯忽然抬起头，朝南原的方向跑过来。

"怎么回事……我说，那个……抱歉啊，我必须走了。"南原说着站起身，"那么，告辞了！"

扔下这句话，他快步走出了房间。

"哥哥！你看福尔摩斯……"

"嗯，南原的电话忽然打不通的原因……"

福尔摩斯把脸贴在南原刚才坐过的沙发上的坐垫接缝处，竖起前爪，对着坐垫的布面"呼啦呼啦"地挠起来。

片山急忙跑过去。

"抱歉，打扰了！"

江田美加打了声招呼。

窗口内，正戴着耳机专心听什么的中林抬起头问道：

"什么事？"说着摘下耳机。

"那个……是片山先生让我来的。我叫江田美加。"

"片山先生？"

"是警察。说让我来一趟这里的心理诊所。"

"啊，你说的地方在第八层。麻烦在这里登记一下。"

中林拿出登记簿递到窗口外面。

"啊，您有笔吗？"

中林递给他一支圆珠笔。江田美加正要填写名字的时候，忽然听到有人说："抱歉！我急着赶时间！"

是南原从里面走出来，急匆匆走过时，撞到了美加。

"啊！笔……"

圆珠笔从美加手里滑落，不知滚到什么地方去了。

"我再给您拿一支。"中林说着，走到里面的壁柜前，打开了装有备用物品的抽屉。

稍微寻摸了一下，找到一支黑色的圆珠笔。

"用这支吧！"

说着走回到窗口……中林见美加对他的耳机产生了兴趣，已经拿在手里放到耳边听，然后皱起了眉头，问道：

"你在听什么呀……这是？"

片山和晴美扯开沙发垫的接缝处，朝里面查看。

"有什么东西吗？"

片山把手伸进填充物里摸了摸，碰触到一个硬物。

拽了一下，一个连着电线的小盒子露了出来。

"这是……"

"是话筒！还有发信号的装置。"片山说，"就是因为这个，南原的手机才出现了杂音——有人偷听在这里进行的谈话！还想把大家的人生进行订正呢！"

"可是，会是谁呢？"

则子站起身，脸色苍白地说："那个……戴耳机的……"

南原急匆匆地跑出了大楼。

"简直胡说八道！"他随口嘟囔着。

老子是靠自己的本事当上部长的！这有什么错？太川死了，不能怨到我身上。当然不能怨到我身上！

222

南原站在路边打算拦辆出租车——他是从宴会上偷偷跑出来的，并没有动用公车。

出租车驶过来了，可是车里有人！

南原正感到有点儿遗憾的时候，那辆出租车缓缓地靠近，停下了。

是在这里下车呀，太好了！真走运！

南原急急忙忙跑向那辆出租车。

"喂，我要打车！"

话音刚落，就看见车里下来一个穿大衣的壮硕男人和一个年轻姑娘。

"呀，抱歉！我要打这辆车，没问题吧？"南原问道。

"不行！"那个男人说。

南原的一只脚已经抬起来跨到了车上。

"为什么不行？"

"我还要用车。这辆车是要等我的。"

"行个方便，你再打一辆吧！我付给你钱，来，给你！"南原掏出钱包，"需要多少？五千日元够了吧？没办法，我赶时间呢！"

男人冷眼看着南原。

"不要钱，这是我订的出租车。"

"你说什么？真是不通情理的家伙！"

南原这才发现那个年轻姑娘一直露出一副很害怕的样子——这个男人是怎么回事？

"不要！爸爸，不要啊！"姑娘大叫道。

南原觉得肯定是在闹着玩。为了一辆出租车，犯得着亮出手枪吗？

"喂！适可而止吧，不要干傻事！"南原说道，"好了，我知道了，这是你的出租车。我等下一辆！"

"傻事？你说我傻？"

男人浑身战抖起来，随后……枪口喷出了火花。

南原觉得自己的胸口像被锤子重击般地疼痛，身体向后趔趄——怎么回事？发生了什么事？

姑娘惨叫一声。出租车"啪嗒"关上车门，一溜烟儿地开走了。

南原趔趄了几步。他把手捂在胸口上，摸到了湿漉漉、热乎乎的东西，弄湿了他的手。

血……是血流出来了？

"喂，"南原说，"这不是真的吧？"

我是部长啊！是的，我是部长呀！我没有借助任何人的力量。我是凭自己的实力当上部长的。

怎么会……怎么可能会在这种地方被枪击了呢!

来人哪……我有很多下属。来个人……替我去死啊!我是部长啊!我不可以死呀!

突然,南原的意识中断了,像电视机被按下了遥控器的开关,所有的视觉、记忆都消失了。

片山一行乘电梯下到一层,急忙朝夜间通行入口处走去。

"如果他一直在偷听那个房间里的对话,现在肯定早就逃跑了!"晴美说。

"不管怎样都要先去看看!"片山说,"我说,晴美,你在这里等着!万一他持有武器,抵抗起来会很危险!"

"可是……"

"石津跟我走!"

一个人留在这里等着,不是晴美喜欢干的事。

她还是决定与哥哥和福尔摩斯他们稍稍拉开点儿距离,偷偷跟着去。

"怎么样?"

片山看了一下窗口。

"人不在……已经跑了吧。"说完拿起耳机,拉了拉耳机上的软线,发现另一端连着的并不是随身听,而是一个黑色的小盒子。

"是接受信号的装置吧？果然是他……"

这时候，岩井则子也赶了过来。

"对不起，我不能一直傻等着……"

"果然是那个保安干的。他用这个东西监听了房间里的谈话。"

"是中林君……他为什么要做这种事……"

则子难以相信这是真的。

"石津！你赶快跟大楼的管理公司联系，查一查中林的住址！"

"是！"

石津先从管理室的抽屉搜查。

"中林君他……可能是开车来的。"则子说，"我曾经见过一次。"

"你看到他的车，能认出来吗？"

"应该能。"则子点了点头，"停车场是从这里出门往左拐。"

片山和则子一道走了出去，拐到了大楼侧面。则子停下脚步说："是这辆车，应该没错。"

片山走到车子前，朝车内查看——如果车子还在停车场，那么人还在大楼里面吧?

"就是用这辆车去撞了村井太太的丈夫吗?"则子问道。

"不是的,那辆车是被盗的赃车。也就是说,他从一开始就打算杀死他了。"

"我想不通!他是那么一个心地善良的孩子……"则子苦笑,"我真是差劲,作为心理咨询师却说出这样的话……到头来,我只是弄明白了,人的心是最难弄明白的。"

"那是因为每个人都拥有只属于自己的过去!"片山说。

"哥哥!"

晴美跑过来,福尔摩斯也跟着跑过来。

"怎么了?"

"刚才福尔摩斯看见了窗口摊开的登记簿……你看,就是这个!"

借着停车场的照明,片山掀开登记簿,看到最后一栏写着到访者的名字是"江田美加"。

"对了,是我叫那个孩子来一趟的,可她并没有上楼!"

"你看看她填表的时间。"

"几分钟前……"片山的脸色变得苍白,"难不成……"

"和中林在一起?"

"车子还在这里。我们回楼里去!中林就在附近!"

片山他们回到通用入口的时候，石津正好往外走。

"片山先生，刚才有人来过吗？"

"你为什么这么问？"

"我听到脚步声……不是往外走，好像是走进去。"

"为什么不拦着？"

"我当时正在接电话，说是监视大冈聪子的警察被整了。"

"被整了？"

"被打成重伤。好像是川北干的。"

"大冈聪子呢？"

"不在家。片山先生，川北他……拿走了警察的佩枪。"

片山叹了口气道："混蛋！为什么这些事都赶在一起！"

"你生气也无济于事！"晴美说。

片山暂时决定等支援到来，弄清楚大楼周围的地形，再进入楼里搜寻。他吩咐石津负责联络，然后忽然意识到一件事："对了，最好让楼上那些人离开！"

"对，我去通知。"

"等一等，岩井女士，大楼的夜间出入口只有这一个？"

"应该是。"

中林毕竟是这里的保安。必要的时候，他会考虑利用其他的出入口。

在人手有限的情况下，与其贸然进去搜捕，不如让大家早一分钟远离危险。

"我上去一下。石津，你和福尔摩斯在这里守着！"

片山陪晴美和则子三人急匆匆朝电梯走去。

"杀人犯？你是说大冈女士的丈夫是……"

在电梯里，则子听说了川北的事，吃惊地瞪大了眼睛。

"他正被追捕。"晴美解释说，"如果他带上了聪子……"

"总而言之，还是先把事情跟孩子的妈妈讲一下。"

对片山来说，这个活儿并不轻松。虽然之前的事是聪子拜托他不要说出来，但如果大冈纮子责怪他不该保持沉默，他也无话可说。

上了八层，大家看到心理诊所已关门。则子说：

"哎呀，我记得我走的时候门是开着的！"

片山停下脚步。

"等等！"说着，他用手拦住了晴美和则子。

"哥哥……"

"万一……退后！"

片山拔出手枪。

"不会吧……"则子脸色惨白，"大伙儿还在房间里！"

"太危险了，我们退后！"

晴美推着则子的肩膀离开门口。

片山做了个深呼吸，心想，要是带石津一起上来就好了！

门从里面开了。

"片山先生！"

是大冈聪子站在那里。

"太好了！你没事吧？"

好像不太好。

从聪子身后忽地冒出的那个人正是川北。他手里的手枪越过聪子的肩膀，瞄准了片山。

17　疾走

"你是警察!"川北朝片山吼道,"你退下,我要带这孩子走!"

"不行!"

"不行?什么意思?"

"你不能从大楼走出去,整座楼被包围了。"片山说。

川北轻轻地笑了一下,说道:"信口胡吹。你刚刚见到我,怎么可能早就作好了安排?"川北轻轻地晃了晃手枪,"给我退下!或者说,你打算朝这个孩子开枪?"

"原本不是针对你而提前作好准备,是确实有杀人犯隐藏在这座大楼里。支援的警力正朝这里赶过来。"

片山当然很害怕,但是聪子的人身安全才是第一位的。

"不要再瞎编了……"

话没说完,川北就住了嘴。

因为远远地传来了警笛声。

"怎么样,没骗你吧?"

"那我更要抓紧时间了!把枪扔掉!"

只能按照他说的去做。片山轻轻地把枪放到地板上。

"你把孩子放了。你带着她，根本逃不出去！"

"胡说！你知道我为什么要到这座大楼里来吗？"

则子忽然想起来了，问道："大冈女士！大冈纮子呢？"说着就要朝前走过来。

"危险！"晴美出声制止道。

"我妈妈没事。"聪子说，"妈妈在里面的房间里，跟其他人一起……"

"我找她谈了点儿事。聪子，该走了！"川北催促道。

聪子看了看片山，忽然垂下眼帘，跟着川北朝电梯方向走过去。

"不许动！"川北把片山的手枪踢到远处，然后按下了电梯的下行按钮。电梯正好停在第八层，门很快打开了。

聪子走进电梯，按下了去一层的按键。

"你要是敢玩花样，我就杀了这孩子，老子也一起死！"川北说着，按下了关门按钮。

电梯门静静地关上。就在这一瞬间，聪子推了川北！川北趔趄了一下。聪子侧身从正在缓缓关闭的两扇门中间一下子跳出来，倒在了地板上。

"聪子！"川北喊叫着。然而下一刻，电梯门已经合

232

上，电梯开始下行。

"干得漂亮！"片山跑过来扶起聪子。

"晴美，快带着这孩子和其他人找地方躲起来！他可能
会返回！"

"好！"晴美搂着聪子的肩膀，"不过，哥哥……"

"怎么了？"

"下面是石津和福尔摩斯在守着，要是他们撞见了……"

对了……他们根本不会想到川北会坐电梯下楼吧。

"我们走楼梯！"

片山跑过去捡起枪，顺着楼梯"噔噔噔"往下跑。

"小心！"晴美大声提醒道，然而只听从楼梯方向传来
"嗒嗒嗒"的脚步声和"好疼啊"的喊叫声。

"哥哥这副样子，行不行啊……"晴美摇了摇头。

这时，大冈纮子从心理诊室走出来。

"聪子！"

"妈妈……没事了，我没事！"

聪子坚强地点了点头。

则子说："我去把他们仨带过来。"

说着走进房间。

纮子和聪子站在门口，彼此看着对方好一阵子。

"聪子，我……"

"我只认妈妈一个人！"聪子说。

晴美在旁边看着母女俩的双手紧紧握在一起。这时，则子带着村井敏江、相良一和丹羽诗织三个人走了出来。

"快！我们抓紧时间！藏到哪里好呢？"

则子稍微想了一下，建议道："下面一层有个提供热水的房间，房间的门能上锁。"

"那我们去看看吧！"晴美催促道。

"中林君会去哪儿呢？"

则子一边下楼一边问道。

"真不敢相信那孩子竟然会犯罪……"大冈纮子一副难以置信的表情，"他是那么善解人意的孩子！"

"善解人意过头了。"晴美说，"说不定他已经把那个女孩当作人质了！"

"我……"聪子忽然停下脚步，欲言又止。

"怎么了？"

"我和那个人……和川北一起上楼的时候，看到电梯停在顶层。"

"顶层？"

"嗯，写着'R'那一层。"

"那是楼顶。"则子解释道，"你和片山先生下楼后，我在这里等不及了，也跟着下去了……所以电梯应该是停在一层的。"

"可是，我们打算上楼的时候看到电梯是停在了'R'那一层……"

"也就是说，这个时间段，有什么人上到了'R'那一层？晴美说着朝上望去，"也就是说……"

"也就是说，中林君他们在楼顶！"则子说。

片山下到一层的时候，心脏好像要破裂了。

原本以为不是往上爬楼梯，而是下楼，应该轻松些，没想到完全不是那么回事。

"石津！福尔摩斯！"

片山头重脚轻地跑到楼梯口一看，电梯早已到达一楼。

"石津！"片山大口大口地喘着气喊道。

"您叫我吗？"石津忽地探出脑袋问道。

"你这家伙，没事吧？找到线索了？"

"嗯，算是找到了。刚刚来了三辆警车，暂时兵分两路，分别到大楼的前面和后面去增援了。"

"是嘛……"

片山瘫在地上。

"片山先生！"石津大吃一惊，"您这是饿了？"

"我没事……福尔摩斯呢？"

"一直在这里……哎呀？"

"喵——"

只听一声猫叫，福尔摩斯从大楼正厅方向踱过来。

"有人逃出去了？混蛋！"片山擦了一把脸上的汗水骂道，"就差一步！川北逃掉了。"

"从哪儿逃掉的？"

"回头再跟你讲。"

片山累得不想多说一句话。

这时，不知什么地方的电话铃声响了。

"好像是值班窗口的电话在响……"

石津说着跑过去。片山也勉强站起身，朝那边走去。

"片山先生！是晴美小姐打来的！"

"啊……喂喂，是我。看样子川北逃掉了……你说什么？"

"中林好像在楼顶！"

片山一时间以为自己还要再爬一次楼梯，简直心惊肉跳。转念一想，可以坐电梯上去，才松了一口气。

"楼顶啊……知道了！我去看看。"

"要小心！我也上去。"

"不行！去的人太多，恐怕会刺激中林。我可以的！"

片山挂断电话，吩咐道：

"石津，这里拜托你了！福尔摩斯，跟我走！"

"喵——"福尔摩斯一脸疑问地看着片山，仿佛在问："你行不行呀？"

"又有警车来了……"中林说，"冷吗？"

"有一点儿。"

确实冷。屋顶的冷风毫无遮挡。

"江田……美加小姐，对吧？"中林以沉稳的口气问道。

"是的……"

"我在记住人名和人脸方面是很拿手的。"

中林手里把玩着一把刀。刀刃时不时闪出寒光。每次寒光闪现，江田美加都会哆嗦一下。

楼顶的一角，立着几根排气管道的地方，两人坐在地上。

"我好像在哪里见过你。"中林回忆着，"啊……想起来了，那个时候，在地铁站里……"

"诶？"

江田美加瞪大了眼睛。她也突然想起来了。

　　她见过这张脸，虽然只是一瞬间。

　　"你是当时那个'女人'？"

　　"怎么样？我扮女人还挺像吧？那种事，我是真的喜欢，而且好好研究过。我并不是喜欢男扮女装，只是喜欢欺骗人们的眼睛。"中林洋洋得意，"我经常在休息的时候穿上女装出去逛，还经常有男人朝我搭讪呢！他们说：'美女，要不要一起去哪儿兜兜风？'可是我很讨厌他们喊我'美女'，称呼'女士'不行吗！"

　　江田美加盯着中林问道："你为什么把那个人推下去？"

　　"我这个人哪，运气非常差。一直以来都是……"

　　中林抬眼凝望着遥远的地方。

　　一辆警车鸣着警笛开到了附近。

　　"我上初三的时候，成绩排在年级第一。如果顺利参加中考，毫无疑问，应该能轻轻松松地考进心仪的高中。然而就在考试当天，我所乘坐的前往考场的电车里有个小偷，他偷了钱包抽走了钱，却把空钱包塞到了我的书包里。我一点儿都没有觉察。到站的时候，我突然被逮捕了，被带到了站长办公室。无论我怎么申辩说和我无关，都没有人相信，等到终于洗清了嫌疑被放出来，已经快到中午了——我当然没能参加考试。"中林低头看了一眼身上的保安制服，接着说道："每当看到自己这身装扮，都会想到那时候的遭遇，还会战栗。"

"好可怜啊！"美加感叹道。

"上高中的时候，我加入了田径部。简单地说就是我跑起来挺快，在跨栏比赛中多次获奖。高三的时候有一场大型比赛，当时有三所大学放出话来，说如果能在这场比赛里胜出，就可以不经考试就入学。我当时是绝对有把握获胜的。单从纪录来看，我应该是能拿下第一名的。然而……"中林停下来摇了摇头，"比赛前的那个晚上，教练开车送我回家。在红绿灯路口，一辆闯红灯的卡车突然撞上来。教练被撞成重伤，我也被撞得骨折。我成为运动员的路从此断了。"中林叹了口气，接着说道："于是我想，这个世界上是没有神明的。我曾无数次地感叹：我从没干过一件坏事，为什么这些倒霉事总发生在我身上？"

说完，忽然问道："冷吗……你没事吧？"

美加摇了摇头。即便回答说"冷"，他也不会放我回家。

"所以……结果就是，既没考上像样的大学，就业也只是干一份既无趣又没意义的事务性工作。假如当初我赢得了比赛第一名，肯定能到某家体育方面很强的企业就职吧？"

说完，轻轻地笑了一下，赶紧解释道："不好意思，抱歉，我是在笑自己。竟然走到了这个地步，我觉得自己太可笑了。我就职的那家公司在我入职三个月后就倒闭了，我自然没有领取到任何退职金。真是走投无路了，所以我干了现在这份差事。"

风似乎刮得更猛了。中林却仿佛一点儿没觉得冷。

"我在这里的传达室窗口工作时，听说有心理诊所在给职场人士做心理治疗，于是很感兴趣，很想听听他们会谈些什么。偷偷安装窃听器之类的，很简单。漫漫长夜，我一直都待在这里。起初，我只是听听就感觉很有意思了。听别人的不幸遭遇，会很愉快。然而听着听着，我渐渐地觉得，他们的事情并非与我无关。他们是一群感叹着'事情本不该这样'的人，总是说着'假如当初事情不是这个样子'……这种心情，在这个世界上没有谁比我更能体会了。"

"然后呢……"

"有一天，我偶然看到了某本书中的勘误表，受到启发。我想，也许人生也是能进行订正的。我感觉，我这个人之所以遭遇到这么多事情，走到今天这个地步，也许是有原因的吧……"

"所以你杀人？"

"是啊……不过人真是很奇怪啊！他们没有毫不掩饰地

显示出欢喜之情。我知道总有一天他们会来对我表达感谢。"

美加看着中林，一直看着他的脸上几乎可以说是天真无邪的表情。

"真对不起……竟然让你在这里忍受寒冷！"

"可是……"美加说，"如果不知道什么是对的，什么是错的，是不可能制作出勘误表的吧？一件事情到底是对的还是错的，由谁来判定呢？"

中林有些冷淡地看了看江田美加，说："也许，跟你说这些话就是一件错误的事情吧？"

说完他站起身来，对美加道："快，站起来！"

片山在顶层的下一层出了电梯，爬楼梯上了楼顶。

楼顶上小屋的门半开着。

"福尔摩斯，这里很暗，不过你是不是看得见？"片山小声说着，掏出了手枪，悄悄地潜行过去。

一阵寒风吹了过来。

在哪儿呢——太暗了，片山一下子看不清周围的地形。

这个时候，忽然听到一声喊叫："救命啊！"

是江田美加的声音。片山闻声跑了过去。

在楼顶一隅，片山看到在齐胸高的围栏旁边有两个人纠缠在一起，不过因为光线太暗，隐隐约约地看不清楚。

福尔摩斯发出一声尖叫，停下了脚步。

"怎么了？"片山问道，然后意识到情况不对劲。

两个人纠缠着的地方，是在围栏的"外侧"。如果福尔摩斯贸然跳过去的话，说不定那两个人会一起坠落到地上。

"快住手！"片山喊道，"你已经被包围了！放弃抵抗！"

片山握紧了手枪，伸直手腕瞄准了，准备开枪。

两个人的动作停了下来——虽然隐隐约约看不真切，但是从服装上大概能够区别出来。

"放开那个女孩子！"片山喊道。

"我要和她一起死！"一个声音说道，"你就在那里看着吧！"

"住手！"

往腿上打……根本不可能。黑暗中两个人的身影重叠，如果开枪的话，只能瞄准胸部以上部位。

片山单膝跪在地上，左手扶上了手枪的枪托，喊道：

"快到围栏这边来！"

"抱歉了！我要带着这个孩子一起上路！"

"不行！我开枪了！"

再犹豫下去，江田美加就会没命。片山下定了决心。

扣在扳机上的手指开始用力——突然，福尔摩斯跳到了片山的膝盖上，把两只前腿扒在片山握枪的手上。

片山的手晃了一下。就在这个瞬间，枪响了，只听有人发出"啊！"的一声。

"福尔摩斯，你干什么！"片山喊道。

福尔摩斯已经朝围栏方向跑了过去。

片山也追着福尔摩斯跑了过去，一激灵打个寒战，呆住了。

像瘫软了一般靠在围栏上的，是个穿着保安制服的人，另一个人已经不见了踪影。

难道我打中了江田美加？

"喵——"

福尔摩斯发出欢快的叫声。

片山靠近过来一看，不禁哑然——穿着保安制服昏倒在地的人，是江田美加。

"两个人换穿了衣服呀！"

片山吁了口气。

原来，中林把江田美加和自己的上衣换穿了，然后做出和已经失去意识的江田美加争执纠缠的样子，想让片山把枪打到江田美加的身上。

福尔摩斯看破了他的伎俩，才在片山开枪的瞬间跳过去。

"片山先生！"石津跑过来说，"刚才掉下去的是……"

"是中林！"

片山忽然瘫坐在地。他想到江田美加这会儿昏迷躺倒的是围栏外侧那狭窄的地方，膝盖突然颤抖起来。

"您没事吧？"

"我没事！你赶快把她给弄到这边来！"

片山用近乎哀号的声音喊道。

"我哥的脸色最差，都煞白了！"

"谁让你管！"片山呵斥道。

"可是，竟然是片山先生救了我的命……好感动！"

美加深深沉浸在自我感动中。

江田美加已经被移至大楼的保安室，恢复了精神。

从美加口中听了中林的故事，则子痛心地说道："原来他做这些事都是想帮别人……我应该早点儿发现他有这种心理上的疾病！"

这时，大楼周围仍有很多人慌慌张张地来回跑动。

夜已经深了。丹羽诗织、相良一和村井敏江早已回家去了。片山他们为了继续搜捕逃跑的川北，调查与死去的中林相关的工作，现在还不能回家。

"对不起，打扰了！"

大冈纮子打了声招呼，领着女儿走进来。

"大冈女士，您还没回去？"

则子回头看见她问道。

"嗯……再怎么说，川北的事也是……"

"你们分手了吧？你不用负任何责任！"

"谢谢您这么说！那个……片山先生，我女儿给你们添了这么大的麻烦……"

"没什么……而且那个被川北袭击的警察好像只是受了轻伤，并无大碍。"

"太好了！"聪子以手抚胸。

"诗织小姐也特别为我们担心呢……"大冈纮子说。

"丹羽诗织小姐也知晓内情？"晴美问道。

"是的。大家一起在诊所聊天的时候，我无意中说漏了嘴，提过有关川北的事。她在报纸上看到川北逃脱的消息，很担心，特意给我打了电话……"

"噢……也就是说，那天排练中间休息的时候，她出来打电话是为了川北的事啊……我明白了。"晴美点了点头，"不过，聪子，还是不能掉以轻心啊！"

"我没事！有片山先生在身边保护我呢！"

聪子话音刚落，美加忽地站起身来说：

"等等！你这话是什么意思？"

"啊？"

"请你不要随随便便提起我家义太郎的名字！"

"啊……"聪子对这句话感到有点儿莫名其妙，"我可是跟片山先生相过亲的哦！"

"相亲？"

"啊……那个……那种事先不说……"片山想岔开话题。

"我俩呀，是互发传真聊天的关系呢！"

"什么呀，那算什么！你这小鬼！"

"别看我这样，我已经十六岁了哦！"

"你去饭店吃饭还得点儿童套餐吧！我可是已经十八岁了！如果我想结婚是可以的！"

"那您的岁数还真是不小了！"

"你再说一遍试试！"

"你想干什么呀！"

两个少女之间迸出了火星子，而被争夺的当事人片山拼命装作事不关己……

18　演员福尔摩斯

第一场落幕，掌声响起。

"全场爆满！真厉害啊！"晴美赞叹道。

"我说你这样行吗？不去照看福尔摩斯……"片山在座位上伸了伸懒腰，"喂，石津，快醒醒！"

石津在座位上酣睡正香，忽然被片山捅了捅，"啪"地睁开眼睛："好精彩！好棒！"

突然发出的大声喝彩把附近的其他观众吓了一大跳。

"我去看看惠利那边的情况怎么样。"晴美说完起身离开座位，走过大厅，然后朝后台方向走了过去。

今晚是首演，也是惠利第一次担主角。福尔摩斯初次登台当然一切顺利，而且下半场它出场的次数还要多一些。

"惠利，你好美！"晴美朝惠利挥挥手说。

满头大汗的惠利长舒了一口气，说：

"紧张死了！不过，特别开心呢！"

满脸洋溢着喜悦之情。

"喂，赶紧擦擦汗，把妆补好！"黑岛说。

"是！"惠利答应着，坐到了镜子前。

丹羽诗织正在里面的房间补妆。

"福尔摩斯表现得怎么样？"晴美问道。

"不能签专属合同吗？"

"那会很贵的。"

福尔摩斯悠然自得地在一边趴着。

"惠利的表现还算不错。"黑岛小声说，"不过你不要告诉她本人哦，她会自满的！"

"好！"晴美微笑着说，"不过我看惠利好像现在还没闲工夫考虑找男朋友哦。"

"我不是也一样！有田不在了，我哪有闲工夫考虑找女朋友。"黑岛叹着气说道。

晴美从黑岛的语气中听得出这是他的真实感受，费了好大劲才憋住不笑出声来。"那我就不多打扰了……福尔摩斯，等演出结束，我来接你哦！"

"喵——"

晴美出了后台，看到大厅里有人出来买饮料，来来往往的，很嘈杂。她刚要穿过大厅，忽然听到一个声音喊道：

"啊，晴美小姐！"

晴美回过头，看到大冈聪子。

"哎呀，你也来了！"

"嗯，我妈妈今晚要工作，她说明天过来看。"

"啊，太感谢了！"

聪子看起来开朗了很多。虽然川北还没被抓到，但好像并没有给大冈纮子和聪子这对母女的生活带来任何阴影。

"片山先生呢？"

"我哥吗？来了呀！反正演出结束后我们得过来接福尔摩斯回家……"

"那，我就在这边埋伏着等他吧！"

"好啊！"

晴美想着，事不关己，倒也乐得看热闹。

她离开后，聪子喝光了纸杯中的果汁，这时正好告知离演出开始还有五分钟的铃声响了，她走进洗手间。

洗了手，回到大厅，看到大家都忙着返回观众席，聪子也朝离自己座位最近的入口快速走去……

"聪子！"

聪子回头之前，已经听出是谁的声音。

"你……你来干什么？"聪子压低声音说，"这里有很多人啊！"

"我知道。"川北说。

"你快走吧!"

"聪子……我是再来拜托你一次,跟我走吧!"川北拉着聪子的手说道。

聪子并没有甩开他的手,只是说:"我不能走。"摇了摇头,"我不能!"

"为什么?"

"你觉得我会扔下妈妈跟你走?我怎么可能做那种事!"

"可是……"

"爸爸!"聪子说,"我不是不相信您。我相信您说的,我是您和别的女人生的孩子,也相信我是妈妈领养的孩子……可是,血缘关系又怎样?那是什么东西?正因为我不是她亲生的孩子,才证明我妈妈是多么伟大,爸爸,您不明白吗?"

"这……我也觉得你妈妈能把你养大很值得感谢……"

"您真这么想的话,就请放过我和我妈妈吧。这应该是您对我妈妈表达感谢之情的唯一做法。"

川北盯着聪子好一会儿。

铃声再次响了。

"演出要开始了……被看到就不好了,快走吧!"聪子的语速很快。

"好吧!"川北放开聪子的手,又说了一次,"好吧……"

"对不起!"聪子说完,快步朝观众席方向的入口走去。

川北慢悠悠地走出了剧场。

他揣在怀里的手枪里还剩两发子弹,原本他打算今天在这里用掉这两发子弹。然而现在看来,其中一发子弹终究是多余的。

接下来,就是选个地方了。

川北仿佛突然从梦中醒来,环顾昏暗的四周,确认了一下方向,快步走了出去。

感觉很舒适的起居室里。

福尔摩斯在沙发上打着哈欠。

"那只猫,是一只真猫吗?"

"是机器猫吧。"

"是用遥控器操控的?可是,动作做得真的很好啊!"

听附近的观众压低声音这样讨论,晴美强忍着不笑出声。

舞台上,丹羽诗织和惠利出场了。

"我理解你的心情。"

丹羽诗织说着,把手里拿的一本杂志卷起握在手里,坐到了沙发上,抚摸着福尔摩斯。

"你不理解……你们都不理解我!"惠利说着,像是很疲惫地坐到一张扶手椅上，"那时候不是这样……"

"那时候……是什么时候？"丹羽诗织问道。

惠利身子朝着前面微微探出，手托着腮，眼睛看向暖炉。

晴美无数次地看过这段排练，脑子里对每段对白差不多都有印象。然而……有点儿奇怪——晴美皱起了眉头。排练的时候，中间的停顿并没有这么长。

不对劲！惠利……该你说台词了！

惠利像石化在舞台上。

台词背出不来！

怎么回事啊？那么拼命地反复练习，即便是在脑子晕乎乎的状态下都能背出来的啊！

她的脑子里好像突然间成了一张白纸，一句台词都想不起来了。

汗出如雨——怎么办？怎么办？！

快想起来啊！要稳住啊！

肯定会想起来的。是的，我没问题的……然而，脑子里的那张白纸自始至终保持原样，没有出现台词。

中间的空白时间太长了。惠利能感觉到观众席上已经出现些微的骚动。

心里一着急，就更想不起来了。

福尔摩斯抬起头来。

这下完了！怎么办啊……

惠利很想从舞台上逃走。

这时候，隐约能听到撕扯纸张的细微声音。丹羽诗织把手藏在她拿着的那本杂志的后面，在从观众角度看不见的地方悄悄地撕下来一张纸。

福尔摩斯深深地伸了个懒腰，"扑通"一声跳到地板上，朝沙发后方一侧走过去。

丹羽诗织把刚刚撕下来的那张纸偷偷地朝沙发后面扔过去。福尔摩斯用嘴叼起那张纸，从沙发后面绕行过去，把那张纸衔到惠利身边。

惠利恍然看向福尔摩斯。福尔摩斯嘴里衔着的正是剧本上的这一页！

看到台词开头部分的几个字——想起来了！都想起来了！

"不就是我学习插花时每天都要去那个地方的那段日子嘛！"惠利说道。

诗织与惠利眼神交会。诗织的嘴角微微上扬，露出了笑意。

观众席上，能听见有人长舒一口气的声音。

接下来很顺畅，惠利一气呵成，说出一大串台词，声音响彻舞台。

大幕缓缓落下。

与此同时，惠利像是崩溃了，瘫坐在地上。

丹羽诗织大吃一惊，蹲下身来关切道："你没事吧？"

"这是干什么，多没出息呀！"黑岛走过来，"你打算每天都这么折腾着来吗？"

"老师……请您把主角换成诗织小姐来演！"惠利说，"我太差劲了……竟然……做出这么丢脸的事！"

"你不用担心。"丹羽诗织说，"再专业的演员都会出现这种情况。就拿我来说，第一次登台的时候把台词忘了个一干二净，以至于退回到舞台一侧去问人呢。"

"诗织小姐……"

"从那以后，我每次遇到首演，就会把剧本偷偷带上舞台。这样偶尔还能帮到其他人。"

"谢谢你！"惠利紧紧地握着诗织的手感谢道。

"别哭了。我说你呀，要是不好好休息可不行，明天还要登台表演呢！"

惠利终于能站起身来的时候，晴美走了进来。

"惠利！辛苦了！"

"晴美！你也很担心吧？"

"当时担心得足足减了三年寿命！"

"抱歉！"惠利笑着说，"我得向你坦白一件事。"

"什么事？"

"那次我说自己被几个男人绑架……是撒谎了。我当时只想找个什么理由为自己的迟到开脱。我想，既然扯谎，就扯得夸张一点儿，让人听起来更像是真的……诗织小姐，对不起啊！我即使演不了主角，也无话可说……"

"傻瓜！"黑岛握着拳头，在惠利的头上轻轻地敲了一下，"既然要扯谎，为什么不说是跟男朋友睡过头起晚了呢？亏你还是个演员！"

"对不起！"惠利缩了缩脑袋。

"哎呀，惠利还是个孩子，需要时间成长！"

"喵——"

福尔摩斯像是附和"是的"那样叫了一声，大家都笑了。

首演总算结束了。

尾 声

片山在打瞌睡。

别误会，片山并不经常在搜查一科打瞌睡。只不过今天看完演出，又来上班了，而且已经是半夜一点钟。

犯困是理所当然的。然而这个时候……

听到"咔哒咔哒"的声音，片山睁开眼睛。

嗯？是传真机响了，什么事？

赶走睡意，片山站起身来，走到传真机旁查看……

"我的义太郎，晚上好！"

哎呀，这……片山苦笑着往下看："今晚我也是一个人。不过……不知为什么，从刚才开始一直听到外面有声音。我感觉有点儿害怕，就想给片山先生发个传真。"

片山感到莫名其妙，眨眨眼睛，因为传真上的文字部分到此为止，接下来是一些奇怪的图形……

不对，不是什么图形！好像是什么液体"啪"地洒在传真纸上洇开……然后被传真机原封不动地传过来了。

这是……不会吧！不会是血吧？

"听到外面有声音……"

片山抓起那张传真纸，对留下来一起值班的同事喊了声"我出去一下"，飞快地跑出搜查一科。

而且……竟然真的有人能在根本不知道要找的人住哪儿的情况下找到对方。

后来回想，可能是他在车里给晴美打过电话，问了住址，但是他根本不记得了。

总而言之，他只记得自己恢复意识的时候，正气喘吁吁地站在江田家的大门口。

大门竟然是敞开的！果然很奇怪。

"美加同学……美加同学！我是片山！"

片山一边喊，一边想着现在不是犹豫、顾虑的时候，于是擅自决定闯进去。

"美加……"

打开起居室的门，看到美加站在里面。

"来了！"

"你……"

"我就知道你会为了我赶过来！"美加说着，奔过来紧紧握着片山的手，"我可不会放你走！"

"那么……那是你故意弄出来的？竟然做那种事！！"

片山满面通红。

"那种事……是哪种事？"

"我是说……传真上的那个……"

要是鲜血真的喷溅，怎么可能发送什么传真！连这一点都没想明白，我真是个傻瓜。

"那个……我……还有工作要忙……"

"夜宵已经做好了，我们一起吃吧！"美加说着就要把片山拖过去。

"我说你……"

"我不会请你一直陪我到喝早餐咖啡的！"

片山无奈地笑了。

"好吧！"

"太好了！"

美加把片山领到兼作厨房的餐厅里，让他坐在椅子上，自己则手脚麻利地热饭菜。

"你平时夜里上班的时候都吃什么？"

"嗯？啊，便利店买来的盒饭什么的，毕竟在外面嘛。"

"那对身体可不好！要是我能给你做盒饭带上就好了！"

"你还是高中生呢！学习才是第一要务！"

"我当然好好学习了，今晚就在做考前复习。"

"于是做了夜宵？"

"嗯。来了，好了！"美加兴致勃勃地说。

坐到饭桌旁，美加又问："片山先生，你还要单身多少年呢？"

"这个嘛……谁知道，毕竟我有那样一个可怕的妹妹呢。"

"你一定要单身到我长大成人哦！我要把你夺走！"

"在那之前，拜托你先帮晴美找个丈夫吧。"片山说着吃起来，"真好吃！"

"是吗？"

"嗯……"

这会儿，晴美那家伙肯定在打喷嚏吧。这么想了一下，片山自己倒打了个大大的喷嚏。

肯定是晴美和福尔摩斯两个家伙在说我坏话呢！

片山一边带着些许自艾自怜地想着，一边吃着美加为他做的夜宵。

算了，也许我这个人就适合哄哄小孩。

片山一抬眼，看到了美加明快的笑脸，那是还没见过人生阴暗面的明快表情。

片山忽然回忆起自己在同样年纪时的一些事，不禁陷入了伤感怀旧的情绪。

"你不吃了？"

"啊……不，吃！很好吃！真不错……嗯，好吃！"
片山慌里慌张地大吃起来。

解　说
山前让

片山晴美得知高中时代的朋友野上惠利被选为自己所在剧团下一部新戏的主演，她们决定庆祝一下，还叫上了哥哥义太郎一起吃饭。在饭局上，野上惠利跟片山义太郎说了一句没头没脑的话："如果我被人杀死，还请您多多关照！"

被野上惠利抢去主演头衔的丹羽诗织患上了神经衰弱症，定期到一家心理诊所接受小组式心理治疗。这家心理诊所在一栋大楼里，大楼的保安是个善解人意的小伙子。来诊所接受治疗的除了丹羽诗织，还有被比自己小一轮的同事夺走部长职位的南原悟士、被转学生抢走第一名的中学生相良一、常年被粗暴的丈夫殴打的家庭主妇村井敏江……一场杀人案件的阴影也悄悄地逼近这群被各自的心事搅得心烦意乱的男男女女。

截至2017年3月出版《幽灵协奏曲》为止，赤川次郎先生创作的原创作品满六百部了。在这些作品中，最闪闪发光的主打作品当属"三色猫探案"系列吧。赤川作品塑造的系列人物形象少说也有十多个，这些人物形象虽然各有各的独特魅力，但片山义太郎和片山晴美兄妹饲养的雌猫福尔摩斯凭借其丝绢般亮丽的毛色和敏锐的推理能力而为大多数读者所喜爱。

2016年《证人席》出版时，该系列已经出版了五十一部，这是赤川作品系列中品种最多的一个系列。可以说，从数量上证明了这套系列小说受欢迎的程度。

该系列的首部作品《推理》于1978年4月由"河童小说"（光文社)出版发行。对当时的赤川次郎先生来说，那是他的第三本书，出版后荣登畅销书榜，为他成为专职作家铺平了道路。甚至可以说，从一开始，"三色猫探案"系列就被赋予了成为赤川作品主打作品的使命。

这次的新版是从"三色猫探案"系列中选出故事情节别具一格的六部长篇，重新包装出版。

所谓六部长篇，打头的是猫咪出场次数最多的《猫公馆》(1980年)，接下来是以古典音乐圈为作品背景的《狂想曲》(1981年)、讲述福尔摩斯去欧洲旅行的《登山列车》(1987年)、被大林宣彦导演拍成电影而成为热门话题的《黄昏酒店》(1990年)、以片山义太郎的婚事为主题而引人入胜的《心中海岸》(1993年)，最后是以福尔摩斯发挥出人意料的演艺才华为主题的本作《勘误表》(1995年)。这些作品搭配起来，真称得上丰富多彩的豪华阵容啊！

所谓勘误表，字面意思就是"纠正错误的表格"。一般来说，指的是为了订正误排版而夹在出版物中的东西。误排版！这是我们非常不情愿听到的词。"三色猫探案"系列问世以来，从首作开始，一直由"河童小说"出版发行，在书籍的最后一页总会印着来自编辑部的《请求》："我们力求任何一本书都不误排一个字，但如果您发现错误，请告诉我们。"倒推这句话的意思好像是：我们没有误排版错误吧？

一本书公开出版前，从负责编辑的人到负责校对的人，稿子会被不少人过目。然而即便如此，也还是会有不能完全消除的差错，就是误排版。如果是写错了书名或作者姓名，就肯定要重新印刷，但如果是用勘误表就能解决的较为轻微的错误排版……不行不行，即使出现这种情况，责任主编所受到的心理打击也是难以想象的。

特别是负责赤川先生作品的责任主编，在排版错误方面一直特别注意和谨慎，所以出现上述情况的话，责任主编说不定会晕过去吧。这么说是因为从某种意义上来讲，赤川先生本人就是校对方面的专业人士。

2016年，赤川次郎先生迎来了入行四十周年。他于1976

年出版处女作《幽灵列车》而崭露头角，当时还是就职于日本机械学会的工薪族。高中毕业后，他先在书店干了几年杂务，正式就职的时候已经是1966年了。一开始是作为编辑科员参与编辑月刊《日本机械学会志》和《日本机械学会论文集》，也参与学会刊发的单行本的编辑工作。

　　日本机械学会的学术研究范围涵盖了与机械相关的广阔领域，成立于1897年，到了2017年已经是拥有120周年历史的学术团体了。如果我们看一下《日本机械学会志》2017年2月号的目录，就会看到专题特辑的主旨是"创造新的新干线技术"，下设分特辑的主旨是"材料力学之不同领域融合的巨大可能性"。

　　说起新干线，大家是熟悉的，但杂志的内容无疑是面向领域内专家的。赤川次郎先生并没有学过机械学相关的专业知识，可以说是彻底的门外汉，这样也能担任编辑吗？是的，反倒是没有相关知识的编辑更合适，只要按照原稿来排版杂志就可以了，毕竟错字、漏字之类的错误是能够检查出来的，而算式常数和微积分计算结果是否正确这种事情怎么可能简简单单地确定！

　　对赤川次郎先生来说，这份工作好像很对味口。我听说他还考取了校对资格证书呢。正因为他有这种人生经历，所以坊间传言"新书一出来，他比谁都先发现排版错误"……暂且不论传闻的真假，他的书还真是几乎没出现过排版差错。于是在1995年11月该系列的第二十八部作品《勘误表》出版时，他写了这样的"作者寄语"：

> 　　运气不好的人大概总会慨叹"为什么遇到这种倒霉事的总是我"，有这种想法的人不在少数。本作所写的是一个忠实地想把别人的人生进行订正的犯人实施的连环杀人案。他以为，就像书籍会有勘误表那样，人生也应该有勘误表……这个创作灵感也许是来自我曾经从事的校对工作。如果这本书也附带勘误表，就要被福尔摩斯笑话了。要小心，要小心啊……

　　在由资深护士大冈纮子值守前台的心理诊所，在与心理咨询师岩井则子的交谈中，大家各自吐露着不满。也许是这些谈话触动了什么人，他们陆续收到了勘误表。于是案件接连发生了。到底是什么人干的？出于什么目的？错误已经发生了，如果是书籍的勘误表，道个歉就完事；但如果是人生的勘误表的话，就没有这么简单了。而且，谁知道这份勘误表是不是正确的呢？

　　说起来，至今还是单身的片山义太郎，也许他的恋爱经历上才真的应该来一张勘误表。这不，为了让这位义太郎能结婚而从没停止努力的舅妈儿岛光枝登场了。然后是俗套的相亲场面，不过这一次连光枝本人也被卷进来，成为重要事件的当事人——这个情节展开不一般吧！然后是片山义太郎被迫同时周旋在两位年轻女性之间……真令人羡慕。

　　作为系列作品之一，在精彩看点不断的《勘误表》故事中，最引人瞩目的也许当属福尔摩斯作为"女演员"成功跨界的部分吧。野上惠利就职的剧团老板叫黑岛龙，他也是剧团的舞台导演，他认为福尔摩斯的形象与即将上演的戏剧中的氛围十分契合，就把福尔摩斯定为演出人/猫员。

　　福尔摩斯曾在系列作品《优雅的生活》中当过绘画模特，但在舞台上展示演技还是头一回。然而一旦开始排练，随着黑岛龙下达的"猫咪快到椅子上卧好"这样近乎无理取闹的指令，福尔摩斯竟然按指示演了。在邀请媒体共同参与的公开彩排中，听到"这时候猫咪打个呵欠"的指令，福尔摩斯真的打了个呵欠。以至于在正式演出时，台下观众看到了这个场景，竟然说出"是机器猫吧"这样失礼的话。

　　然而这样的猫咪演技名场面好像未必是虚构的。比如在2012年4月到6月，由相叶雅纪先生出演片山刑警、在日本电视台播出的电视剧《三色猫福尔摩斯推理》中，一只名叫秀秀的猫咪出演了三色猫福尔摩斯。据说那是秀秀的处女作，出类拔萃的演技广受好评。猫咪本身有多可爱就不用说了，它竟然还出版了一本名为《秀秀的女演员日记》写真集！

也许这个世界上真有演技派猫咪？哎呀，可不能输给那只叫秀秀的猫咪。我们的福尔摩斯还将在《旋转的舞台》（2015年）中再度登台，展示自己的名演技！这部作品的故事设定是：片山晴美的友人桑野弥生就职的剧团的老板同样发现了福尔摩斯的才华。

福尔摩斯虽然的确多才多艺，然而它的本职工作依然是解谜破案。世间盘根错节、相互勾连的人际关系会把人的思维引向迷宫的深渊，因此福尔摩斯的睿智对破解案件来说是不可或缺的。这样的福尔摩斯，它的人生是不需要什么勘误表的，今后应该也不需要。话说回来，我这篇解说文里不会附加了一张勘误表吧？

刊于1995年11月　河童小说版

收入1998年12月　光文社文集